時光電廠

陳雨航

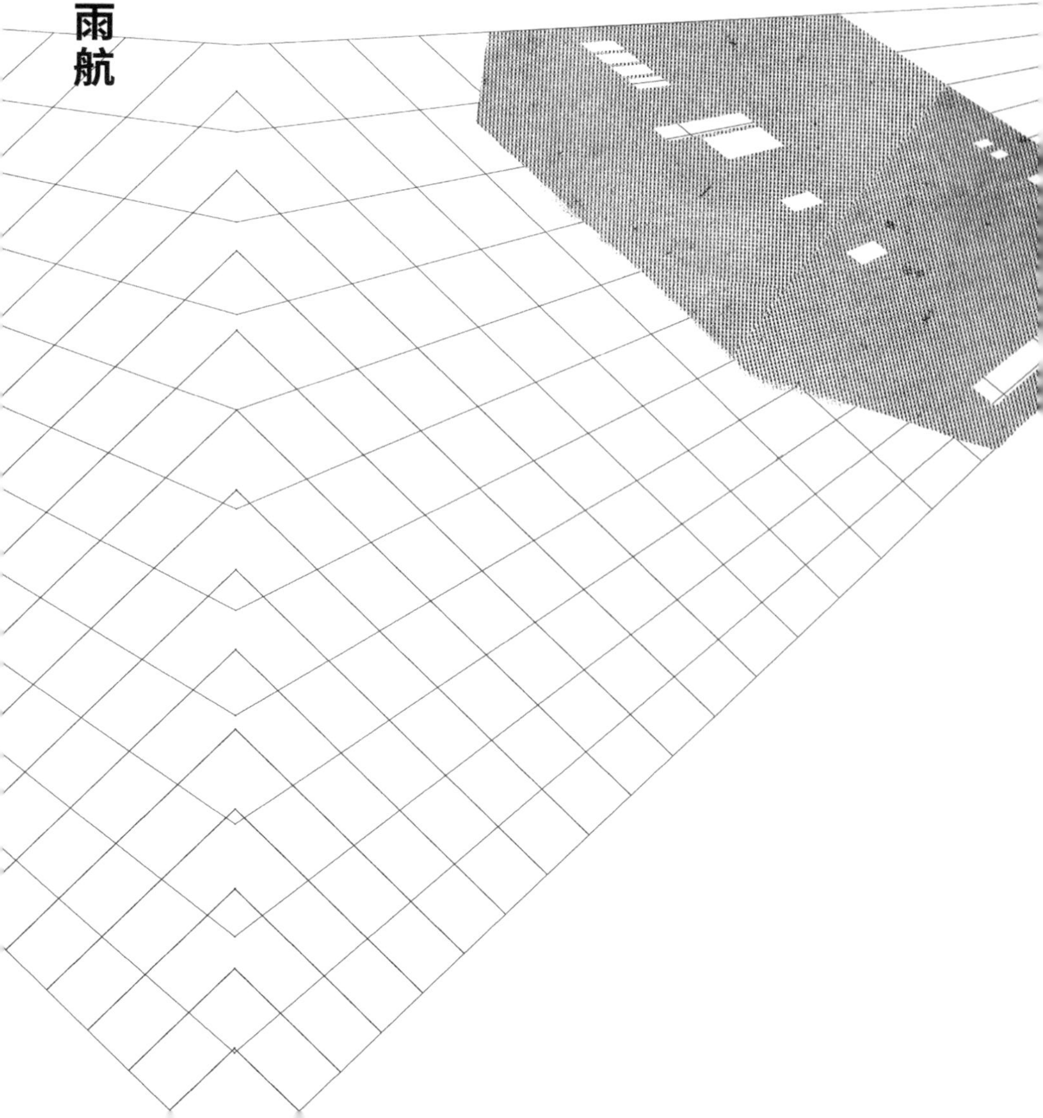

目次

輯一

輯二

輯三

輯四

輯一

時光電廠

花蓮的木瓜溪流域有一群水力電廠，其中一條支流清水溪畔的清水電廠，是我記憶的源頭。

我的記憶開始得不算早，大約在滿五歲前不久。

那時我們住在電廠的宿舍區裡，隔著清水溪谷與白色的電廠斜斜相望。在這個河谷臺地上，我們家是最前面的一家，隔著巷道，對面進去一點是雙拼的兩家，也是帶眷的宿舍，巷道不長，走到底沿石階上去是一棟單身宿舍，那就是宿舍區的盡頭。從我們家前面的駁坎往下望，還有四戶屋宇，媽媽說那是阿美族工人的宿舍，但我從未見到有人活動。宿舍區以一道長水泥石階下去接一條小徑，再度過吊橋與電廠連結。

如果站在我們家門前接近石階小徑之前的空地上，轉三六〇度，看到的都會是一座座連綿的山巒，還有天空。我當然不會去做這種奇怪的事。印象裡我從未走下石階到下面那組空屋，更不提到溪谷水邊，也從未進入電廠。幾戶人家加上單身宿舍，那個地方就是我記憶初始的世界。

有了記憶，我記住了許多事，往後家人和朋友都覺得我的記憶力不錯，也不表示我不會遺漏，特別是在這記憶的黎明。有些事記得清楚，但到底發生在什麼時候，得與自己或家人的經歷連接起來才行。相信我剛開始的記憶是後來經由手足的誕生日和家庭相簿對照過的。往後多年的經驗告訴我，若非照片或文字提醒，很多事情你不會想起。

家庭相機尚未普及的年代，我們家的相簿呈現一種不太均衡的現象。那就是如果來了有相機的客人，我們就會有一組三、五張或者多一點的照片，否則就會好幾年缺乏影像。

在清水宿舍時代，相片算是多的，但多是父親工作上的照片，我們家族的很少，其中只有一張的背景是電廠。這張照片裡還不見三個妹妹中的小妹，加上穿著判斷，應該是一九五三年夏天。我沒有照相的印象，稍後大我兩歲的哥哥上小學，我略有所知，所以是記憶開始之前的事。

在清水電廠，一九五四年，有了記憶後，我記得與鄰家女孩一起切東西餵鴨子的時候，切傷了她的手指；我看到少見的一大群人從對岸拖著龐大的製冰機器從淺水的溪谷過來，也沒看到他們是怎麼拉到宿舍區來的，過不久，機器就在我們家隔壁的屋子開始製冰了；我記得常去單身宿舍，在客廳裡，兩個大人先是考我簡單的加減算術，然後教會我看時鐘；我記得媽媽做寒天甜點；我記得有人在溪谷裡抓到粗大的鱸鰻時會分兩截給我們，美味的紅燒鱸鰻我下山之後再未遇到；有一次我們分到一些山豬肉，是電廠員工們獵到的……我記得的第一個夢境是一隻山豬被人追趕而在河床岩石間奔竄，想來是那之後不多久的事。

我的記憶元年，最大的事件是下山。那年四月，媽媽要生小妹了，全家得下山去。我們從電廠的出水口走，水道旁，有一條人行通路，幾個大人幫忙揹著我們幾個小孩，穿過長長的隧道，再搭軌道流籠下到平地，轉接汽車到花蓮市。除了哥哥生於高雄家鄉，我們家在花蓮生的小孩都由一位我們稱為「大箍產婆」的助產士接生。到達忠孝街「大箍產婆」的產護院，除了待產的媽媽，兩個妹妹也住進去讓她們照顧。我則到兩條街外的公司單身宿舍與哥哥同住。哥哥上小學後就住在那裡，星期六下午跟著電廠的採買員回家，星期一早上再跟採買員一起下山。在單身宿舍執行勤務的阿芬阿姨也兼照顧哥哥，在我住在那裡的日子，阿芬阿姨每天發一角零用錢給哥哥時，也發我一份。我從未使用過錢，大概是跟著哥哥在零食攤子上花掉了吧。

我不記得那些天做過什麼事，也不記得哥哥上學（半天）時我在宿舍做什麼，甚至於有沒有到產護院看媽媽和新生的小妹也完全沒印象。總之，若干天後，我們就又回到山裡的宿舍，過著前此習慣的日子。我後來長大些，讀到那個自幼就在深山寺廟修行的小和尚第一次下山時的故事（關鍵詞：女人，老虎，可愛），不禁會聯想起自己第一次下山這件事，我對第一次進入十丈紅塵，並未有什麼驚奇和波瀾，應該是年紀太小了。

我們家約莫在清水待了兩年，在我有記憶一年後，搬離了那裡，這次我們搬遷到花蓮市北邊靠近機場的員工宿舍，我在那段時間入學，後來又搬了許多次。父親在調去清水之前曾在同屬木瓜溪流域的初英電廠待過，那些年在山裡在僻地的生活自然很不方便，加上孩子們都要上學了，父親後來曾再奉派到山上新建中的電廠工作約一年，這次他選擇單獨前往，逢週末下山回家。事實上直到退休前，父親的辦公地點雖然在市內，工作仍與各個電廠密切相關。在我離家到臺北求學之前的十幾年生活裡，經常聽到父親告訴母親說他今天去了這個電廠或者說明天要去那個電廠，這個那個自然也包括了清水。當他提到清水電廠時，一旁的我偶爾會想起在那裡的片段記憶，但我並未有機會重遊。

再回到清水已經是離開近二十五年之後了。一九七九年夏天，我剛服完兵役，攜妻兒回花蓮小住。有一天，父親說帶我們去龍澗，那是他在花蓮工作三十六年第一次也是僅有的一次帶我去電廠。為什麼是龍澗而不是清水？我沒問，那些地方都是父親熟悉的場所，也許他覺得龍澗比較新比較大，也或許剛好那天有些什麼事得去那裡。

我們乘車到龍澗稍事參觀之後，在員工餐廳午餐時，遇到了廖叔叔。廖叔叔是極少數我認得的父親老同事，曾經當過一年鄰居，也認得他們家最大的兩個小孩。

廖叔叔是當時的清水電廠廠長，待會要回去清水。猜想父親可能在那一刻想到了我曾經與清水的聯繫，我們便和廖叔叔併車轉往清水。

汽車從蜿蜒的山道開進廠區，熟悉又帶點陌生的電廠就在眼前，因為小時候都是從家門前遠眺的啊。過吊橋走到宿舍區，大致就是記憶裡那個樣子，只是規模小了些。廖叔叔的宿舍就是我們從前的家，只是交通方便了而他的子女也已成長，他單身赴任，市內的家和宿舍兩邊住吧。我看了宿舍內部，僅覺得榻榻米的花色改變了，其他細部本未有印象也就無從比較。五歲離開，再回來已經是三十歲的成人，而我的孩子也接近我住在這裡的年齡了，看著眼前的群山河谷和電廠，那真是心中激動的一刻。

那次激動的重訪，我們停留的時間不長，也許就是一個鐘頭，或者多一點。那時候還年輕，總覺得前頭的日子還長，從未想到下一次再來竟要到二十九年之後。

二〇〇八年夏天，我在東華大學的駐校工作來到了尾聲。在不到一年裡，我去了許多地方，有些是重遊，大部分是初訪，畢竟我年少在花蓮的時光，交通不便，自由無多。離開之前若能再去一次清水電廠，自然是一個心願。

那裡的整個區域已經稱作慕谷慕魚，太魯閣族語的音譯。生態保護中進行著有限度的開放參訪。我和太太起早驅車前往，在滿額前於銅門派出所取得了入山證。

我們從揚清橋之前的岔路往清水溪上游前進，直到清水這條路的三公里處，告示說汽車不能再往前行，因為不能錯車。那清水發電廠還有多遠呢？我停車步行到約一百公尺的轉角，再向前走一段，突然發現前方不遠有一些局部的電力設施，感覺有可能，再往前行，轉個彎，那個記憶裡熟悉的方塊型廠房就立在溪谷岸上，一條吊橋跨越河谷。

電廠區是不能進入的，只能在大門口張望一會，我看到遠處宿舍區一帶已經有了改變，多棟的水泥建築參差立在那裡。

先是家在裡面，然後是短暫的訪客重遊，現在則完全是個外人。可能我有一些感懷，但並未帶著太多的惆悵。我們離開了它，它也離開了我們的記憶，畢竟我們都只是時光與天地的旅人。世上事有變與不變，如果你在乎，記憶或許能為你留住一點什麼。

在記憶毀壞之前，那樣就很好。

星夜殘影

時光已然久遠，但我還是試著留下看露天電影的殘存記憶。

一九五八年七月，溫妮颱風重創花蓮，我們住的宿舍也遭了殃，只好從市中心一帶搬到中美崙宿舍。宿舍區後方，鐵蒺藜圍牆外小路另一邊的廣大草地和一排平房是個不知什麼性質的軍事單位，有一天晚上，就在大草地上豎起了竹竿張起了白色布幕，放映起電影。印象裡是一部緊張、有許多情節在黑夜裡進行的反共黑白片。我一直記得它的片名是《毒玫瑰》，然而前些日子我在醞釀這篇文章時，去

Google 確認一下，發現《毒玫瑰》是一部新近的西洋電影，當然不是我九歲時看到的那部。我也找不到五〇年代的中文同名電影，卻發現一部一九五五年發行叫做《罌粟花》（袁叢美導演）的國產電影，劇情有可能是我露天看到的那部片子。《毒玫瑰》與《罌粟花》，象徵接近，是我的記憶在漫長時光裡的某個地方轉了個彎？

一九五八年爆發了「八二三砲戰」，我曾經在市中心天山戲院廊柱上看到《中央日報》關於空戰捷報的號外，約略感受到當時的氣氛。我在八二三前後看到反共電影這件事，如今加總在一起看，似乎豐富了一點那個時節的個人記憶與時代氛圍。

中美崙住不到半年，那年冬天我們搬到舊日本吉野移民村的宮前聚落（現吉安鄉慶豐村）。地名「宮前」是因為吉野神社設在那裡。我們遷住該地時，日人已歸國十幾載，神社早遭毀損，僅殘留水泥基礎和參道旁的幾座石燈籠。緊鄰那塊應是過去神社境內之地已成一座小小軍營。軍營和中美崙那個軍事單位相似，幾排小平房，沒多少人，不設門禁。靠馬路這頭是一大塊空地，有圍籬，籬邊是幾棵高大有年的松樹，電影布幕就拉在兩棵大樹之間。

我很快就在距我們家不到一百公尺的松林下看了兩部電影。一部是西洋戰爭片《最前線》，亞杜．雷主演。知道這部片名和男主角，想來是因為我每天看報都會看電影廣告，而且看得很詳細；另一種可能是我在市內的電影院看過大看板或櫥窗裡的海報。《最前線》的內容我已經遺忘，只記得一個軍人激烈地掃射幾梭槍彈的場景。半個世紀過去，唯一看到有人提起這部電影的是作家張拓蕪，十幾年前他在中時作家部落格裡說了一點《最前線》的主題，那是關於勛章的光榮與虛無的故事。背景他說是二戰，我卻記得是韓戰，沒記住影片原名，Google 不到。

松林下的第二部電影是香港出品。小生陳厚愛上了性感的張仲文，但一段時候過去，張仲文卻失蹤了，小生到處苦尋伊人，後來找到壯漢喬宏那裡，原來張和喬好上了。忘了是如何轉折，最後是皆大歡喜的結局，四個人（加上一位玉女明星）肩並肩面對鏡頭向前行。這部片子還大致說得清楚情節是八〇年代上半我在當時的電影圖書館有機會又看了一次。我沒記住片名，用陳厚、張仲文、喬宏到網路上找，沒能找到對應的電影。

那個時候，電視仍然遙遠，看電影不容易，它可說是我的最愛。傍晚放學經過兵營，看到張開的銀幕，已讓我魂不守舍。家裡不許我們去兵營看電影，但阻止不了我。晚飯時聽到擴音機傳來電影開演的聲音，心急的我還得故作鎮定，火速吃完，若無其事地離開，然後在大人眼光之外，一溜煙衝出大門，投奔那聲光璀璨之處。事後將受的責罵，先擱一旁再說了。

搬遷到宮前鄉村家園的第一年內看了兩次露天電影，之後，直到我們搬離的十四年間，兵營的松林居然一次都未再放映電影。不知是那個兵營人員太少，抑或是軍方巡迴放映的業務縮小了？

在這一年或多一點日子的三次露天電影之前，我們家住在山裡電廠宿舍時，記得「看」了生平第一場電影，露天電影。但我不記得片名、內容，也不存留一絲影像，只有遠遠的一方布幕殘存。那時約是記憶初始之際，如此模糊可以想見。

超過一甲子的時光之後，我對這個記憶起了懷疑。會不會是後來的影像混進前頭的記憶了啊？又想到露天放電影不都是軍隊才有嗎？其他機構有可能也有這樣的業務？

二〇二〇年初讀到李瑞宗的《後山電火：東部水力發電》（二〇一九，臺電出版）提到：「戰後，臺電公司組成一電影巡迴隊，至全臺電力單位放映，慰勞員工。一九四九年六月初次到訪東部……」作者接著引（臺電的）《勵進月刊》一九四九年十一月號：「（電影隊）六月六日去清水發電所，由銅門到清水，有一半路程是在水道裡走，……持著火炬前進，非常有趣；到了清水，風景絕妙……」

清水電廠，是的，我們在那裡居住之前四年，電影隊就抵達了。我在那裡第一次與電影邂逅，且是露天電影，應該不是幻想。

跑到鄰近的兵營看了三部露天電影之後，再看露天電影已經是十七、八年之後的事了。七〇年代後半，在高雄衛武營接受預官入伍訓練，有天晚上就看了場電影。銀幕張在司令臺上，部隊集合在操場，原地坐下（可能帶著小板凳），看將起來。不知是銀幕不會飄動呢，還是觀眾坐得太整齊了，未有昔日露天電影的 feel。

那時雖然家用錄影帶尚未到臨，但從東部到臺北的十年光陰，我已經從首輪、二輪、三輪戲院和電視長片、試片室，飢餓似的看過無數知名或不知名的電影了。一如既往，我專心在星空下夜風中享受這部黑白的《空谷幽蘭》。

之後，各種我們都可以估量的原因吧，露天電影褪色到幾近消失的地步。九〇年代的「蚊子電影院」，本質上應該是影像相對飽足時代一種懷舊或新鮮氣氛（於新世代而言）的選擇。

後來，看到露天電影成為一種取代酬神活動的行業。十幾年前，我還住在臺北市內時，常在家附近巷弄間的大小廟宇前看到露天電影放映。巷外街路車聲呼嘯，眼前放映機輕微噠噠作響，鏡頭略略斜上放射，光束裡似有輕煙裊裊，這種場合，內容多以古裝打鬥為主，銀幕上打到生天，銀幕下卻闃寂無人。

十分寂寥。

後記：本文發表後，我厲害的朋友游圈圈 Google 到《最前線》的原名是 *Men in War*，從而知悉是安東尼．曼導演，勞勃．雷恩、亞杜．雷等主演。一九五七年的電影，背景是韓戰。記憶也具有奇特的選擇性吧，那麼有名的男一勞勃．雷恩我沒記住，倒是記住了男二亞杜．雷。

阿魯拜多往事

常有機會讀到年輕作者的小說（或散文）裡頭出現具有打工背景的人物。不知作者本人是否親自打過工，或者只是從他身旁友朋了解或自行觀察到的經驗。加上新聞上的報導，還有一點點年輕親友的經歷，早已讓我感覺到目前社會打工現象的普及。

總體印象裡，最常見的打工模式是在便利商店當店員，其次是在餐廳和小吃店當外場或內場，當然也有內外場都做的，如果整間店裡只有老闆和你合共兩個人或三個人的話。小說，還有我親眼看到的，就常有打工的人和同事或老闆在店外和廚房後面或站或蹲地抽菸閒聊的場景。打工人的身分當然是學生居多了，你要是離開了學校，要謀職總會想找個穩當的工作和待遇吧（當然在自僱、自由接案、正職加兼差、斜槓……之外，還有人似乎是半輩子都在打工）。

看過幾回鍵盤上爭論學生打工適不適切的問題，主要著眼點是在打工內容是否與所學相關和社會經驗的獲得，旁及身心安全等等要素。歸根究柢，這都牽涉到每個人的不同條件。如果你有機會到一個營運很好的公司做一點和你所學相關的臨時或短時工作，如果你有錢出國去看更寬廣的世界，那誰要去打辛苦又距所學很遠到不相關的零工呢？如果上學註冊都要學貸了，打工生活就是日常了吧。當然，這之間還有各種情況，譬如家庭狀況還好，可是你想要家裡不許可或無法額外供應的東西；又或者你總覺得零用錢不夠用……

現在打工的方式和種類千種百樣，相信很多未必聽說過，我只能說說古時候自己打工的不同經驗。

我們那個時代沒有便利商店這種東西，也不知道要到哪裡打工。電影或小說裡偶然會看到的打工送報生，我們那裡也沒有。我們家從市內到鄉村搬遷過幾次，配送報紙的那位先生都是同一個人，似乎是當地所有的報紙他一個人就配送完畢了。偶有臨時工的需求都指定要大人，也只有大人才能夠勝任。看來看去，小孩子可以做的只有賣冰棒或李子糖葫蘆等零食的流動小販了。

第一次打工就是賣冰棒，那是小六畢業前的初夏。我在一個星期六上完半天課的中午，勇敢走入市內一家冰店向老闆說我要批他的冰棒賣。看我陌生，老闆略有遲疑，但稍後便接受了，告訴我批價和售價該是多少：圓長棒型只有糖水色素的冰棒稱作 kiyandei（Ice candy 的省略和日式發音）批一角，賣兩角，三支五角；短長方型的紅豆冰棒稱作 keki（cake 的日式發音）批一角半，賣三角，兩支五角。接著老闆拿來內面墊有一層蓪草片的木箱要我留下押金，我已經把身上所有的錢都批了冰棒，哪還有錢付押金？恰好旁邊一位剛從外面進來補貨的少年出聲了，原來他是我哥哥的小學同學，畢業後沒再升學，大概就打各種零工為生了罷，他向老闆說認識我，因而免去了木箱押金。我用事先從家裡帶來的兩條洗淨的麵粉袋和賽璐珞布包裹了冰品，把木箱帶子掛在胸前，走上街頭，開始我的叫賣。

我大致繞著市中心稍稍外圍一些的地方走動。賣得差不多時，回到鬧區，在一家戲院買了一張半票，電影院裡都有小賣部，可也沒人攔住我進場。趁開演前那段時間，我在戲院裡的走道繞了兩圈，賣完箱子裡的冰棒，然後坐下來看完一場電影。看電影，那是我瞞住家人，打工賺錢的動機。

我只賣了兩個週末就叫停了。我住在五公里外的鄉村，必須趕傍晚最後一班客運車回家，必定也編造了什麼理由遲歸，兩次夠了，免得做久事跡敗露。上了初中，大概是二年級暑假吧，我又賣了一次冰棒，這回是騎自行車，把木箱綁在車後座。莫名的自尊心作祟，我不想遇見同學熟人，避開市內，也避開了我們居住的村子，在炎陽下的鄉間繞了一整天，成績不佳，做完一天就撤退了。

那個時代，我們那樣的東部小市鎮，沒什麼工可打，並不表示小孩子就只有玩耍。我們固然愛玩，但還是有許多事要做的。我們家之所以搬到鄉村山下，就是為了養羊當副業。這個副業除了雇工，還要動員許多家人。上了初中，就已經是個堪用的勞動力了，我和哥哥參與得滿多的，清晨五點起來配送鄰近四、五個村子的新鮮羊奶，晚上餵羊喝點鹽水，下雨天羊無法出門，要剉番薯籤，要去野外砍羊會吃的構樹、血桐、烏桕、鹽青仔等雜樹葉或取得屋主的允許砍榕樹枝葉……上學的日子，許多事做不到，星期假日和寒暑假工作量就多一些。工人常有變動，青黃不接之時，就是我頂替上場趕一群羊上山放牧的日子，那意味著一整天，而這種日子還真不少。

我們為家裡做事，再辛苦都是應該的，家裡從不會多給零用錢。我們從來不抱怨，也不覺得有什麼好抱怨的，因為鄉村農家家家如此。我們對面的王家，在村外有一片地種菜，四季都有產出，幾乎每天下課回來，他們家幾兄弟和母親還有祖母都在洗、揀、綑綁那些應時蔬菜，然後重重疊疊裝在雙骨腳踏車後大簍筐裡，由他們家的大哥顛巍巍地往市內騎去。他們家有一個比我低一班的少年，碰面時會打招呼，但從未聊天或一起玩過。

市內做生意的會比較好嗎？那要看做什麼生意，小生意的大概是全家動員才得吃食，有的比較大的生意，應該是富裕的，也是全家動員。我一個同學家在市中心開五金行，店面不小，但每次經過，都看到他父親以及他眾多兄弟都穿著工作服在忙進忙出，所謂工作服其實也就是破損油汙的舊衣服或者汗衫……

父親好幾次向我們提過一個詞「阿魯拜多」。他用日語發音的這個詞，說是從德語來的，他解釋說每個學生在課業外還都應該工作（那時我們的詞彙裡還未有

「打工」這字眼），我們在家裡做的工作就是「阿魯拜多」。後來，我在報紙副刊上也讀過一篇短文，題目就叫「阿魯拜多」，內容說西方的學生從小就得打工賺取自己的學費或用度云云。

養羊副業最辛苦的是母親，她得凌晨三點起來擠羊奶和接下來過濾、裝瓶、高溫消毒、塞軟木塞、裝袋等一系列的工作。做了十一年吧，有了積蓄，父親服務公司的待遇也改善了，此外，主要幫手的哥哥和我已經或即將離家，在我最後一次準備考大學那陣子，父母親把羊群和生財工具整個以一個低價加上分期付款盤給了年輕的五舅。舅舅還是住我們家，羊也還在原來的羊舍裡，只是我們都不管了。

舅舅忙裡忙外很辛苦，但看得出他擁有自己新事業的開心。新事業還是有老症頭，雇工依然有接不上的時候，大學聯考放榜前，我又被情商重操舊業，上山放了好幾天羊。我「終於」考上大學，上成功嶺軍訓前夕，舅舅來我房間，遞給我兩百元放羊的工錢。我第一次感覺到這才是「阿魯拜多」完整的詞意。

羊事

第一次波斯灣戰爭的美軍統帥史瓦茲柯夫，在他的自傳《身先士卒》（一九九三，麥田）裡寫了一段年少經歷：

一九四六年他十二歲時，隻身從美國飛到德黑蘭去投靠父親。老史瓦茲柯夫也是西點官校出身，二戰期間即派到伊朗去協助國王巴勒維建軍，是伊朗當時最有權勢的兩個美國人之一（另一位是大使）。一天晚上，他父親帶他到德黑蘭郊外參加俾路支人一個部落酋長的晚宴。盛宴開始，僕人先挖下烤全羊的眼珠。俾路支人認為眼珠最為精緻，他父親身為貴賓，獲得第一顆眼珠後，毫不猶豫的送進嘴裡，莊嚴地咀嚼起來。在酋長和幾位高階族人之後，小史瓦茲柯夫也得到了這份「榮譽」。他對父親說：「我絕不吃那東西。」他父親悄聲回答：「你一定得吃。」他只好屏住呼吸把那顆眼珠吞了下去。事後他父親很高興地和他說，拒絕人們的敬意就是侮辱了他們，「幸好你把它吃了，你這樣做已經對美國與伊朗的關係有了貢獻。」

忘了T．E．勞倫斯的傳記或其他書有什麼類似的情節了，偏食如我，很早就知道沒什麼條件當探險家，閱讀書籍電影代入就好。我不吃羊肉，想來就算有機會遇到羊眼睛更只能敬謝不敏。住在臺北這樣美食薈萃的大都市幾十年，據說普羅好吃的羊肉爐，據說鮮嫩美味的高級羊排，吃的人都說毫無腥味，終究未能破除我無端的禁忌。最尷尬的一次，是一位經營知名餐館的大廚師在他練新菜的私廚宴客，席開兩、三桌，不知是哪位朋友代邀了我，食物味美悅目，賓客讚賞連連，直到羊排出現。我當然沒伸手，期待哪位特別喜好的人可以來上第二支。偏偏這當兒大廚師抽空招呼敬酒，發現了盤中剩下那支羊排，大廚師和舉座來客一番勸食，我就是支吾道歉不肯就範，弄得局面不知如何是好。我心想像我這樣的人也是一種奧客啊。

成長時代的東部小鎮，我從未在市場看見過賣牛肉或羊肉的攤子。但生活經驗裡，有一次看到軍人子弟的同學便當裡有看來不太一樣的肉，他說是牛肉。我們在鄉村的家，時不時也有騎著腳踏車後面載著木箱的販者經過，口裡喊著「LAGAZE，LAGAZE」，說是賣牛雜的，主要對象是我們家前面那帶保留區的原住民。有牛雜有牛肉，想必在我不知道的地方有著牛肉的買賣，只是不吃牛肉的我們家不會接觸罷了。其實嚴格說來，我也曾經吃過牛肉的，那是小學福利社賣的牛肉乾，兩片郵票大小的辣牛肉乾封在透明小紙袋裡，要價五角，如此昂貴零食，想來是好友分享而來。

羊肉呢，外面從未見過蛛絲馬跡，就只在家裡遇到過，因為我們家養羊。

家裡養羊，我特別會注意別人寫的關於羊的種種，這方面的文章似乎不多。印象最深的是作家季季在她的散文集《攝氏20－25度》（一九八七，爾雅）裡的一篇〈羊的故事〉，敘述她們家養羊的情景。她們家養羊是為了獨子小弟的哺育奶水，說到小孩與母羊的感情，母羊生小羊，小羊多麼可愛……等等。然後就是羊的命運了，小母羊因為將來會產乳，經濟價值高，養若干時日後售予他人，公羊只能當肉羊，養大成本過高，兩個星期後便宰殺而食了。小弟知道父親要殺小羊，傷心哭鬧的求父親不要殺，終是沒有結果。而那隻失去子女的母羊夜啼，真是襲人心腸啊。

文章若只是到此，那僅止於感人肺腑，但作家提出了更深沉的意義。「那時我已經上了中學，一次又一次的體驗，我彷彿越來越能領會父親那種不忍殺又不得不殺的痛切心情。……沉默地承受那過程中的悲切、繁雜、無奈的心情。」她若放學在家，便會幫父親的忙，她不迴避，「從小我就向父親學得這點兒面對現實的勇氣。」

季季家只養一隻母羊，我們家可是養了二十幾隻母羊，因為做的是羊奶副業。這個副業動員的人力可不少，我們的青少年時期許多心力和時間都用在這件事上了。規模有差異，許多事自然不同，也複雜得多，但她講的羊的命運和人的惻隱之心與現實的矛盾基本上是一樣的。

我們的經驗裡，母羊每回生產從一胎到五、六胎不等。小母羊要繼續養大產出羊奶，所以並不脫手（羊媽媽的傷心少一些）。小公羊我們試過閹割，讓牠長大一些再出售（也不知道賣給誰了），但得在本已繁重的工作裡再增麻煩，後來便放棄了。最常的處理方式是若有熟人來要便予以相送，有時候是村子裡的原住民用一把柴火來換。有幾次，我們也宰殺了成為餐桌上的肴饌。

羊羔真的很可愛。天氣好的時候，我們也會將牠們從欄舍裡放出來，讓牠們跑動。常常我坐在房間榻榻米邊沿的廊下，看著那白色的小羊羔，一隻或兩隻，睜著好奇的眼睛仰頭四處張望，時而又奮力地跳躍，從禾埕這頭衝到那頭，停下來的時候，用鼻子探險似的去撩撥攤晒在地上那些我們從外頭砍回來讓成羊吃完葉子的榕樹、構樹、血桐、白匏仔等樹枝，又巡到葡萄架下仰望，有時候還衝到香蕉園裡踢踢泥土。牠們時不時細聲又悠長地咩咩叫著，脖子下兩撇小小的肉髯（肉垂）微微顫動……輕風，藍天，幾絲棉絮般的白雲。唉，這就是牠們僅有的幾次歡樂時光了。

不知道我們家餐桌那幾次羊饌是誰下手的，不外是家中的大人罷，只記得最後那次是哥哥和我。我們都已經讀高中，要做大人的事了。在後院的芒果樹下，哥哥拿來一個小小的布袋，麵粉袋那種材質，把它套在羔羊的頭上。沉默的羔羊，羔羊的沉默。牠並未尖叫，當那把小斧頭背敲往額頭的部位時，羔羊軟綿綿地倒了下來。

我不是因為這樣而不吃羊肉的，我沒有什麼心理創傷。早在十歲之前，我就不喝牛奶、羊奶、羊肉和任何乳製品了。我的口腔和胃明顯與它們不合。

住在鄉下，過著農村生活，再覺得小動物如何可愛，再如何不忍，終究免不了要面臨到為難的這一關。不，它終究會成為人們的日常。殺羊那件事是有些震撼了我，但那是僅有的一次，可能那之後我們家就不吃羊了（本來那時代羊肉就少見，之前和之後我們家都不吃羊的），也可能是我已經離家。要不然，可能這件事也會和從小就參與的殺雞殺鴨殺火雞一樣變成平常吧。

很殘忍？嗯。別忘了這也是許多美好生活的一個基底。

縱谷私記憶

高二的時候，我們班一位住在鳳林的蘇君說，他原來鳳林初中的同學仍然常在星期假日和他一起打籃球，他邀請我們，要不要哪個星期六到他們那裡來一場友誼賽？我們幾個日常以打球為娛的球棍不假思索便接了帖。

困難的應該是星期六同時有六個人要請半天假這件事。避免目標太顯著，大家說好了分散在前三、四天裡個別向導師遞請假單。我們導師姓劉，是一位軍訓教官兼任，劉教官個性溫和，問我請的事假緣由時，我胡謅了一個現在已經不復記憶的理由，他突然「嗄」了一聲，使原本心虛的我不禁惶恐起來，及至看到他把微曲的手掌舉在耳旁，才領會到其實他只是聽不清楚。砲兵出身的他有著聽覺不良的職業病。在我前傾上身靠近他重覆一遍後，劉教官默默的簽了字。

這個即將到來的球敘，讓我感到興奮。第一個原因是球賽，喜歡運動是天性，但並不表示具天分，就愛打球而已，重要的是和同伴之間建立起的友誼，第一次一起到校外與人對抗，哪怕只是一場小小賽事，都彌足珍貴。第二個原因是可以到一個「遠方」的城鎮來一趟「旅行」。生長在花蓮的我，十七年來只生活在花蓮市和它的周邊，雖然幾次隨家人回南部家鄉，會搭乘火車到臺東換公路局巴士，但從未在縱谷的任何一個地方停留，我印象裡的縱谷只是從車廂座位上望出去的流動風景，以及引發美麗聯想的站名：鳳林、瑞穗、玉里、關山、初鹿、鹿野……如今能夠有機會不隨父母而自由自在到其中一遊，那是我之前的人生得未曾有之事，焉能不使人為之雀躍？

那幾天，只要想起這件祕密行動，嘴角都不禁微微上揚，腦海裡還會出現「遠征」這個詞哩。

在鳳林的籃球友誼賽如期舉行了，只是我最終並未參與到這場遠征。

學校請好了假，和同伴們也約好在花蓮火車站會合，我只要如同平常，假裝按時出門上學即可。不，還差一個重要環節，我需要到鳳林的來回火車票錢，那也是我興奮之餘心中反復盤算的事，實在太沒有把握，遲遲不敢向家裡開口，一直拖到最後一刻。星期六早上，我一邊裝填便當，一邊向母親說今天班上舉行健行活動，需要一些費用，一旁的父親聽到了，問我是不是非參加不可，因為學校過去很少的幾次類似活動都是自由參加的，我實在無法理直氣壯，只好回答說是自由參加，父親就直接否決這項活動了。

星期六上午，父親上班，弟弟妹妹上學，家裡只有母親與我，我敗在缺乏盤纏，沒有錢如何抵達遠方呢？只能度過一個失望又百無聊賴的週末，中午從書包裡拿出便當，也不去蒸，賭氣吃冷食。

半個世紀前的事了，今天你如果Google一下，或者飛行，或者行走，或者駕駛，鳳林鎮距離花蓮市從三一到三三．九公里不等，感覺不遠，可能你一天工作或是休閒趴趴走動不動就超過百公里了。然而在摩托車還不普及，平常人家也沒在旅行的六〇年代中期，對十幾歲的中學生來說，那還真是一個遙遠的距離。

現在回想，有時候那樣的遙遠感覺並不僅是實際的兩個地方之間的距離，而可能是那個時代氣氛和身處的環境又或者是個人的條件所造成的。年少時期，我明白終究會離開家的，只是等不及。我相信我將能抵達臺灣的許多地方，至少將來總要當兵，找工作，那就意味著遠方，但我從未認真覺得有一天我可以出國。那個年代還是戒嚴時期，沒有觀光簽證，大致只有商務、出差、留學這樣的狀況才能出國罷，當然，經濟條件也是一個重要因素，一切都對我太遙遠了。

初中時候，學校先後在開學註冊時發給我們中國分省地圖和世界地圖集，我花在它們上面的時間遠遠超過其他的課本。常常拿出來細細閱覽的結果，我可以大致知道世界各國的相對位置，重要城市的方位，甚至於熟知美國的五十州名。當時那麼熱中，或許是因為不覺得能夠出國，所以才拚命看那些地圖，神遊也好，補償缺憾吧。

第一次在縱谷停留不是鳳林而是玉里，那已經是又過了幾年讀大學以後的事了。兩位高中時的同班同學住在玉里，幾個好友便約好了寒假到那裡一遊，兩天一夜。牙科生家裡是醫院，不缺房間，所以住在牙科生那兒，第二天到藥科生家裡玩，日式的榻榻米房子，因為寒冷天氣導致朦朧的玻璃窗等等景象，仍然烙印在我的腦海裡。

十年前，我有機會在花蓮長住近一年，人生已來到後中年，託進步的交通工具之福，這才有幸走到縱谷的多處城鄉和山林角落。每每到一處新地方，都不禁自嘲：不是生於斯長於斯嗎，怎麼沒來過？看多了廣闊的世界地圖，也多少走遠了一些國家，於生長之處的地圖地景居然如此空疏？

我自然也去了鳳林，完全不是我想像的樣子，時間和空間的差距使然，但不妨礙它是一個林蔭遍布美麗小鎮的事實。

政治氣息的改變，歷史文物的出土，日漸豐實的人文花蓮伴隨著依舊壯美的山川海洋召喚著人們。如同補修學分一般，十年前的長住之後，我增加了回返花蓮的頻率。最近的一次是參加了文學地景之旅，有幸與老友與新識相聚，拜訪了光復以南在地耕耘的藝術家，更在文史專家的導覽下，看了百年玉里影像展，也親炙圓環、舊日本神社、八通關越道路起點等歷史遺跡。參訪玉里祭祀關聖帝君的協天宮時，我看到了令人印象深刻的圖像，那是一幅協天宮舉辦「關聖帝君盃籃球錦標賽」的海報，海報中央的主圖是，綠袍美髯的關雲長足踏 Nike 鞋，雙手持球，挾雷霆之勢，正要飛身灌籃。

拉回年少不經之事。之後很多年，我還常常想起那次功敗垂成的遠征，我的同伴除了球賽本身以外，敘述不多。我卻一再的想像那個籃球場是在什麼地方什麼樣子，不知怎地就在腦海裡建構了一組影像：球場在河邊開闢的泥地上，談不上平坦，籃球架是鐵管焊成的，有點粗糙，淺藍色油漆鬆塗欠勻，木板拼成的籃板接縫不密，缺乏籃網的鐵框顯得光溜而單薄，球場邊靠河是柔軟與粗梗交雜的綠草地，河水靜靜流淌，偶或有小小漩渦，輕微咕嚕一聲隨即消散，對岸有一帶菅芒，微風輕拂，芒花順勢傾伏款擺，深色的背景則是連綿的遠山，似有白雲蒸蔚……

從窄軌到寬軌，搭乘東線列車穿過縱谷時，不只是鳳林，在任何地方，我還會不期然地想說會不會就在秀麗山河的某個角落讓我看到這樣的一個場景，一個終究是虛幻的玫瑰蓓蕾？

回音

小學同學從海外回來，聚會時說起小時候住在花蓮卻未曾有接觸原住民的經驗。我想了一下，具體的原因恐怕是我們讀的是花蓮市內的學校，學區裡居住的原住民較為稀少，班上沒有原民同學，學校裡可能有幾位但我們不認識。另一個比較微弱的理由是他離開花蓮太早，初中讀了一年就隨著他父親的調職轉學到西部去了。城鄉交流不發達的年代，他就算在花蓮讀完高中，對於原民經驗大概也不會有太大的差異。

我自己的經歷比較不同。我入學時，住在靠近機場的加禮宛宿舍，聯外交通不便，整個宿舍區的學齡兒童都搭大人上下班的交通車到市區的公司辦公處，讀距離那裡最近的國校。搬了多次家，一九五〇年代末小學四年級時搬到吉安鄉慶豐村，買月票搭公路局巴士通學，繼續讀原來的學校。

從我小四到大學畢業（中間還有高四、高五），住了約十五年的鄉村家園，位於原日人吉野移民村的宮前聚落，巷弄屋舍溝圳規劃平整有序。日本人離開後，整個聚落大約有五分之一成為原住民的居住區，住的是太魯閣族。我們家就在這一區的對面，隔一條馬路相望。

平時的玩伴漢人居多，閩客皆有，也有幾位太魯閣族小孩，隔了將近一甲子，名字都忘了，但還記得其中一個的綽號，Daba Dunu，前者是「扁」，後者是「頭」，扁頭，我們常省略叫他 Daba。一起玩什麼呢？玻璃彈珠，圓紙牌，他們多半沒有，若是玩敲扁的瓶蓋，傳接小皮球，用玻璃彈珠「打老虎洞」等等不需動用金錢購買的遊戲，就可以參一腳……。

有一回一個小朋友拿了一節熱熱的竹筒，剖開來是一條圓滾滾的米飯，捏開一小塊來吃，只覺得就是平常的飯，但做成那樣很特意而新奇。沒想到再次吃到它已經是在幾十年後流行的原住民風味餐裡的一道主食，材料講究了，糯米紫米或還點綴一些其他食材。這竹筒飯的重點在竹子的香氣，小孩子的我當時完全忽略了。

還有一回，我在七腳川旁放羊，遇到原民玩伴中的一個，他把野地裡採摘來的「刺波」（懸鉤子，臺灣野草莓）一顆顆放進一節竹筒，再用一根細木棒去搗，在我們不知果汁機為何物的時代示範了新鮮果汁的一種作法。

我們家搬到鄉村是為了養羊賣羊乳的副業。工人青黃不接的時候，我必須替補上陣，趕羊出去野外放牧，特別是上了中學以後的寒暑假。我偶爾會趕著羊在闃寂無人的山徑上與他們擦身而過，多半是V形架上背著沉重的柴火，或者是籐籃裝滿之後又再疊高近一倍的姑婆芋葉，後者是要賣給市內肉舖包豬肉用的。這些在山上遇到的太魯閣族是我不認識的大人，前些年一起玩耍過的小孩，小學畢業後盡皆離開村子到外地討生活，偶爾年節回來，即使迎面相遇，都已成陌路。

出生、成長、生活二十幾年的花蓮記憶種種當然是諸般形影在心頭，但也必須說，我是離開花蓮以後，才開始認識花蓮的。個中原因或可歸諸時代，以及教育方向，如同我們後來不斷「補修」的臺灣史。

從事文學工作的緣故，我相當程度熟識花蓮作家的作品，於花蓮的歷史影像也在二十多年前老友邱上林兄贈送一冊《影像寫花蓮》後漸有接觸，這幾年在花蓮的活動則讓我擴充了其他文化領域的目睹與體會。

因而花蓮的記憶增加了新的認知，產生了新的意義。早在加禮宛宿舍的時候，我就看到過進來宿舍區和居民以物易物（大概是小芋頭換舊棉布衣物）的太魯閣族婦女的文面。在吉安慶豐時期，只要遇到稍長的男女太魯閣族人，都可以看到他們的文面。我可以從文面與否大致分辨他們是太魯閣族或阿美族，但要到近些年才能更進一步知曉文面以及他們居住在那些地方的意義。二〇〇四年，在正名運動後，太魯閣族正式成為臺灣第十二個原住民族。實際生活上，就我早期在花蓮的經驗，一直就都以 Taroko 相稱了。

年輕時候我們從課本上知悉埃及尼羅河、西亞兩河（底格里斯河和幼發拉底河）、印度恆河、中國長江及黃河等大河文明，我們也知道許多河流和流域居住民族的關係。一九四〇年代末，我的家族從蘇花公路渡過立霧溪來到花蓮，一九六〇年代中期，我第一次到太魯閣，稍後兩年，搭公路客車渡立霧溪北上，此後有多次（從客運車到火車）往還。立霧溪的奇麗我知曉，但我要在那麼多年之後才在彼得洛．烏嘎和金尚德二位先生的兩堂課裡，深刻感知到立霧溪就是太魯閣族的生命與文明的「大河」啊。金尚德的著作《百年立霧溪》著重在日治時期開始的整個區域的征服與改變歷程，這讓我對這個區域的認知增加了縱深。

曾經讀過兩部與一九一四年日軍進攻太魯閣族的戰爭為背景的長篇小說，何英傑的《後山地圖》（二〇〇六，遠景），朱和之的《樂土》（二〇一六，聯經）。創作者的表達方式自然有著他們自己的藝術選擇，而在敘述上也努力避免成為漢人意識的腳注。今年初秋的走讀活動，夜宿布洛灣山月村，我在客房裡的書架上與遺忘多年的《後山地圖》重逢，想起曾為這本小說寫的序〈霧裡的笛聲〉，開頭是：「從來，歷史是強權的歷史，弱勢者的聲音是微乎其微的，但即使微弱，並不表示它不存在。像霧裡的笛聲般，幽幽地喚起有心人的注意與反應，甚或與之對話——以紀實的方式或者小說的方式。」這話自然不周全，我只能在自身比較能理解的方面思考。

文化藝術有多種形式，文字不是唯一，但一個幾十年的文字工作者，在布洛灣的夜空下，不禁有這樣的想法：會不會有機會讀到太魯閣子弟寫的「太魯閣戰爭」？

布洛灣是太魯閣戰爭從西部越嶺俯攻的日軍與從東部溯溪仰攻的日警會合之處，太魯閣語「布洛灣」是「回音」之意。夜裡，太魯閣族的年輕朋友領我們去做夜間觀察，我們面對群山用力喊出聲，果然聽到微小的回音。

我的回音，參上。

輯二

臺東旅次

人們鮮少旅行的時代，臺東是有限幾個我成年以前曾經踏足的地方之一。唉唉，這樣說有點心虛，其實它只是我們幾次回家鄉中途換車的地方，真的只有「踏足」而已。從花蓮市乘東線窄軌鐵路對號快車來到終點的臺東鎮（那時尚未稱市），吃點東西，旋即轉搭公路局巴士，走南迴公路往高雄而去。

小學、初中、高中各一次的返鄉來回，只有一次在臺東過了夜。那是我還是小學生那次的回程。南迴公路某座橋梁因為遭颱風洪水沖斷了罷，修建中採接駁方式通行。我們在途中下了巴士，提行李，走一段崎嶇的乾河床，到對岸與從臺東來的車隊旅客互換座位。路有點長，老幼行走吃力，接駁因而費時，我們到臺東街上時已近傍晚，便就近住進了火車站前名叫「居安」還是「安居」的旅社。

老舊的日式旅社，我們一家八口睡在約莫八席的榻榻米房間裡。那個晚餐吃什麼已經記不得了，只能確定後來父親多次獨自返鄉掛紙（掃墓）時在臺東吃了讚不絕口的苦瓜鑲肉，那晚尚未在我們的經驗裡誕生。那次誕生的經驗是釋迦，形狀別異，滋味甜美。

那個晚上，媽媽、哥哥和我輪流帶著年幼的弟弟妹妹去食攤解決晚餐，卻不見爸爸。媽媽說爸爸請M舅吃飯去了。

M舅是媽媽的堂兄。外公和叔公兄弟感情好，很晚才分家，小時候眾多堂兄弟姊妹生活在一起，「即使是分家以後，我們感情還是很好的。」媽媽說。但備受寵愛的M舅「做事業」屢屢失利，敗了一些家產，最後竟拋妻棄子，移居臺東鄉村另組家庭去了。

成年以後，偶爾想起那個晚上的事，才覺得我們在臺東過夜，不完全是公路接駁延遲，路況想必在父親購買車票時就已了解，電話稀少的時代他要怎樣聯繫住得相當偏遠的M舅到鎮上與他會面呢？他們恐怕早已用書信聯絡好，屆時一見了罷？

媽媽偶會說起關於M舅的事，間或有一點喟嘆，顯然帶有負面教材的意思，我卻對他蒙上了一些神祕的想像。臺東的那個夜晚，後來怎樣了？爸爸和M舅吃飯應該有喝酒吧，喝醉了嗎？應該有到旅社來和媽媽見一面吧，他們恐怕也多年未見了呢？我什麼都不知道，大清早出門，折騰了一天，我們這些小孩子早都不知睡到幾重天去了。

經歷了困頓或者沉寂的歲月，M舅晚年返回家鄉居住，並在那裡辭世。對這位心中的傳奇人物，我一次都未曾謀面。會不會在臺東那個夜晚，酒足飯飽之後，M舅曾經來到旅社，站在走道，與母親寒暄，然後眼睛掃過一輪那些睡得東倒西歪的我們？

十九歲那年夏天，我去了臺東。不是路過，臺東就是目的地，我去參加大專聯考。為什麼從花蓮跑到臺東考試？那時候花蓮和臺東同屬一個考區，考場兩地輪流設置，我們畢業那年在花蓮，一年後重考，我必須去臺東，而且得去兩次，一次報名，一個月後再去考試。

幾個相熟的同學約了同行，早早出門，中午過後不久很快就完成了報名手續。同學們久未見面，住在玉里的徐要去鎮外近郊的馬蘭探望他教小學的姊姊，邀我們幾個同行。在馬蘭盤桓的下午，殘存的印象較深的是到馬蘭的糖廠吃了冰棒，還有製作過程略有瑕疵汰下來的鳳梨罐頭。那些未貼上一圈標籤紙的馬口鐵鳳梨罐頭，約只需原售價的五分之一。

徐的姊姊和在職業學校教書的姊夫熱情的招待我們，晚餐可能還喝了一點酒，三、四個客人晚上就在他們家小男孩的房間榻榻米上躺倒了一宿，次晨方告別而去。明明考試在即，不好好利用時間，報個名一去兩天，當然是心糟糟的。

考試那幾天，因為一位同學的關係，我們住在站前鐵花路上的鐵路局差勤宿舍。那裡離考場不遠，沿鐵花路步行十幾二十分鐘罷，就到了如今我已忘了到底是東中、東女或者東師的考場。

考完試那天晚上，在差勤宿舍的起居室，遇到了幾位當時剛起始招聘的東線光華號列車的服務員（飛快車小姐），幾個好友和她們聊天時，我發現其中一位是小學同班同學，便遲遲不願加入他們的話局。總想著那位同學心中一定在說：「哇，那個成績那麼好的班長，怎麼現在還在這裡重考啊。」幾十年以後，同學會上遇見已經轉來臺北當了公務員的她，當作笑話的向她說起這件臺東偶遇的事，她對飛快車小姐的短暫亮麗過往樂於一述，但說不記得遇見過我。

報名時多留了一天，如今考完，還不多留一、兩天去玩？沒有，考不好沒有心情，便匆匆打道返家了。事實上，報名和考試的日子在臺東鎮上活動的地方就都在火車站前面的鐵花路一帶。那裡似乎標誌著我一些浪莽與徬徨的青春。

或許該說一點關於臺東亮彩般的記憶？

九〇年代伊始的某一天，在報社上班的R先生突然來電，約我過幾天到他家吃飯，他同時還約了我同輩的A和Z。R先生是我們景仰的前輩，我曾暗暗希望自己到了那個歲數時能有他的風采風範。在編輯和寫作者之間的關係上，我與R先生是緣淺的，不若A和Z與他那麼深，為什麼多年未見卻來相約？私下問了A或是Z，他們也不知曉，我還是欣然赴約了。

酒足飯飽，答案揭曉。R先生過幾年要退休了，他想到臺東去住，問我們願不願意和他一起買塊地，蓋房子，當鄰居。關於到鄉下找塊地蓋房子過生活，這樣的夢想很多人是有過的。但R先生不是說說，他很認真的想付諸實施。

能受邀當他的鄰居，受寵若驚，唯當時迫於自己的狀況，沒法參與R先生的美意，但還是聽了一席理想與現實兼具的計畫。

事情淡忘多年之後，R先生早已退休，沒聽過遷居臺東的事。有一天與A見面，想起來問他。A說臺東買地的事後來是進行了，有一次R先生和Z事先約好了搭飛機到臺東看地，不巧當天遇到颱風停飛，沒去成。這表示有啟動的眉目，卻不知怎地後來沒有了下文。

如今R先生已經不在了，多年來鮮少的幾回會想起和他還有A與Z在臺東背山面海當鄰居的事。雲高天遠，草木爭榮，海風輕拂，陽光燦爛，星空無垠。雖然只是想像，仍然感覺美好。

六〇年代的一個邊緣文青

像我這樣的一個文青如何啟蒙，著實一言難盡，或許用閱讀的環境和具體讀過的一些書，能拼湊出模糊的一個樣本。

《三國演義》、《亂離人》與《星星月亮太陽》

小學五年級的寒假，讀花蓮中學初一的哥哥寒假作業指定要閱讀《三國演義》，於是找我出資一半與他合買。大中國圖書公司印行的《三國演義》，上下兩冊，合購十二元，封面是鳳儀亭，呂布私會貂蟬，董卓怒擲方天戟那場戲。花了近一半壓歲錢的我，當然很認真的看完，後來幾年還翻看了許多回。

小六時，導師受教召十來天，代課的年輕女老師帶了許多本文藝書籍來教室，說我們成立一個小小圖書室吧。我在那些天看了兩本小說，孟瑤的《亂離人》和徐速的《星星月亮太陽》，算是我與文藝小說的邂逅。

那是六〇年代的開始。

後來讀到許多人的回憶文章，他們多半很早就讀古典小說或文藝小說，我那時已經十一歲，比起來算是慢的。但以閱讀來說，或許我早兩年也開始了，學校有《國語日報》貼在閱報欄，教室後頭掛了許多集《三百字故事》，也曾一度有《兒童文摘》雜誌，我們家還訂了《中央日報》。相信在《亂離人》和《星星月亮太陽》之前，我已經從中央副刊那裡讀到許多文章和小說了。不要懷疑，在七〇年代之前，中副是各報文藝副刊的第一品牌。五〇年代末和整個六〇年代，我有許多長篇小說都是從中副的連載看來的，鍾肇政的《濁流》、《江山萬里》，楊念慈的《黑牛與白蛇》、孟瑤的《浮雲白日》，南宮搏的《大漢春秋》、《玄武門》等，短一點的中短篇有皮述民的〈最後一場牌戲〉……當然更不會漏掉臥龍生連載好幾年的武俠小說《玉釵盟》。

看小說是追求故事，同樣的理由吧，我也喜歡看電影，但當時的電影對我們來說是奢侈了些，一年難得有幾場看。沒得看就看廣告吧，我看報紙一定看電影廣告，經過戲院一定看劇照和海報，而且看得很仔細。

學校比家裡自由，嘩的一聲，什麼小說都進來了

進入中學後，生活變得比小學開闊了許多，雖然家裡還是管很嚴，同時有一些副業工作要幫忙。學校裡自由多了，上課以外的時間可以打球，穿堂貼滿各種報

紙，圖書館有雜誌、書籍……

中學時代的我活潑好動，喜歡打球，不能打球的時候就看課外書，尤其是小說。圖書館的借書證一星期只能借一次，一次借一本，但借用同學的借書證，或者互相交換看，也能維持不斷糧，「食量」是兩三百頁的書一天超過一本。我在課間看，自修課看，上下學等車的時候看，回家躲著父母看。都看了哪些呢？那時候以大陸來臺的作家為多，加上政治形勢，主流便是抗日反共小說、戰鬥文藝了。但既是小說，抗戰懷鄉、男女私情的衷心與曲折，還是吸引了年少的我。除了初一的歷史老師胡楚卿的《長河》，我還看了楊念慈的《廢園舊事》，王藍的《藍與黑》、《長夜》，姜貴的《旋風》，潘壘的《上等兵》，孟瑤的《黎明前》、謝冰瑩的《女兵日記》，高陽尚未寫歷史小說時的《凌霄曲》、《花開花落》，馮馮四大冊的自傳體小說《微曦》……記得的作家還有林適存、郭嗣汾、王臨泰等人。

除了抗日反共小說，看得最多的是南宮搏的歷史小說，《漢光武》、《韓信》、《洛神》、《潘金蓮》、《武則天》……能找到的幾乎都看了，另外就是費蒙包含《情報販子》、《賭國仇城》在內的一堆小說，以及武俠小說，這部分當然大多是同學從租書店租來而分享的。

我也看瓊瑤的小說，《窗外》、《煙雨濛濛》、《六個夢》、《幾度夕陽紅》、《船》等早期的作品，還有一本厚厚的短篇集《潮聲》最為精采，風格和她後來的長篇殊異。我們有一位同學的父親在另一家公立中學任職，會把《皇冠》雜誌帶回家，我們常到他家，有幾本瓊瑤的小說和皇冠叢書就是從同學家借來的，包括茅及詮的《何處是歸程》。

被認為是言情小說代表，金杏枝的《悲歡人生》、《勿忘我》，禹其民的《籃球情人夢》等也都沒有漏掉，還有記不得作者是誰的《一山紅葉為誰愁》等等。學校裡有一位年輕的林慕華老師，聽說她也是位言情小說作家，可惜我沒機會看到她的作品。

當時最喜歡的作家是郭良蕙，她的小說對人性觀察的深刻和犀利的語言在在使我著迷。初中看了《青青草》、《琲琲的故事》等，這都是圖書館沒有的，不知道是不是《心鎖》遭禁而連累？《心鎖》我要到高中時才在租書店租到。

其時，《現代文學》已經創刊了，但我完全沒聽說過，當然也不知道白先勇、王文興何許人，直到高二時一位同學到英語老師王禎和家，借了幾本書出來，我看到《現代小說選》，看了王老師的〈鬼．北風．人〉，叢甦〈盲獵〉等幾篇，弄清楚它是《現代文學》的叢書已是多年後的事。從王老師家借出來的書有一本《張愛玲短篇小說集》，同學讓我帶回家看了，那是我的第一本張愛玲。

學校裡也有章回小說可借，《儒林外史》、《水滸傳》之外，還借了《二刻拍案驚奇》，《紅樓夢》則是從校外的朋友那裡借來的。可能機緣不巧，一直沒看過《西遊記》。

《麥田捕手》、《西線無戰事》與《第三帝國興亡史》

初一時，班導師用我們的班費訂了一份文學雜誌《作品》月刊，曾經連兩期用了半本的大篇幅刊載了一部長篇小說《頑皮少年》，後來知道它最普遍的譯名叫《麥田捕手》，這大概是我最早看的翻譯小說之一。陸續還看了瑪格麗特．米契爾的《飄》，屠格涅夫的《父與子》、托爾斯泰的《戰爭與和平》……還看過一本《莎氏樂府本事》。我後來看了雷馬克的《生命的光輝》，追讀了他的《凱旋門》、《流亡曲》，很著迷，他的名作《西線無戰事》學校沒有，要等高中畢業到臺北補習時才讀到。

《西線無戰事》背景是一戰，但雷馬克另外多部作品背景則是二戰，加上當時距二戰結束未遠，許多戰紀文學或與二戰相關的書都可以找到。《第二次世界大戰簡史》、《第三帝國興亡史》、《麥帥回憶錄》等都是高中那幾年看的。《麥帥回憶錄》是《中央日報》連載，威廉．夏伊勒的《第三帝國興亡史》第一冊是我買的，說是要出五冊，但好像沒出齊，原因大概是同書節譯本的《納粹德國史》全一冊已經上市的關係。我也看了二戰背景下的日本翻譯小說，五味川純平的《人間的條件》，另外一本沒注意到原作者的《太平洋戰爭祕聞》，多年以後，我根據內容研判應該是大岡昇平的《野火》。

不記得學校有日本小說，《人間的條件》和《太平洋戰爭祕聞》以外，只看了當時轟動一時《聯合報》連載後出版的《冰點》，都是來自朋友或租書店。

六〇年代花蓮市也有幾家書店，東部書局文具占比高，可以逛的僅有中原書局、光文社和如今已經忘了在哪個位置的江南莊，找到機會也只能去翻翻。互中學六年，我只買過四本書，《琲琲的故事》是初中時，參加學校有獎徵答獲得的代金券從書店換來的，其他是高中三年買的，除了《第三帝國興亡史》第一冊，另外兩本是《美國短篇小說選》和余光中的《逍遙遊》。買來的書讀得特別仔細，又畫線又眉批，當然，有些眉批多年後自己看了不免臉紅。

最難過的時候是寒暑假，父親上班去了，漫漫長日卻無書可看。有一次騎車到村外田間一戶獨立家園找高我三屆的學長，在犬吠聲中學長出來有點驚訝，雖然常在等候通學巴士時見面，其實不是那麼熟。問明來意後，他想了一下，進屋找出一本封面已不存的章回小說借我，好幾年以後我才知道那是「蘇三起解」的故事。我還書以後沒能再借，因為那是學長家裡僅有的一本課外書。

那樣的年紀，知道外面有廣大的世界，又覺得到臨無期。高中畢業後到臺北補習，看到滿街的文學書、軍事書，看了那時候流行的王尚義的《野鴿子的黃昏》、《荒野流泉》……接續我來臺北前剛看過的於梨華《又見棕櫚．又見棕櫚》，又看了吉錚《海那邊》、尹雪曼《海外夢迴錄》那樣的留學生文學，夏目漱石《哥兒》、安部公房《沙丘之女》那樣的日本翻譯文學作品，還有許多存在主義的著作，令我大開眼界，越發對照了我生活過的時空之貧瘠，我們的思想與文化都是那麼邊緣啊。

從「地下活動」走到文字工作之路

進入中學以後，過去優異的成績和表現都褪色了，除了數學和作文。過了一年，連數學的光環也失去了，只剩下作文。很多年以後，我在《中國時報》「人間」副刊工作，同事王宣一認識的一位生活版專欄作家慧心齋主來辦公室找她。慧心齋主其實是位年輕小姐，她的專欄是談命理的，很受讀者歡迎。我不信命理，但事後王宣一轉述她的一句話卻讓我記憶深刻。她們倆到餐廳吃飯時，穿過一個滿是記者與編輯的大辦公室，慧心齋主說：「他們一個個都是天上文曲星轉世的。」文曲星轉世，我只能接受它的美感，但我自己將之延伸的意義卻是：不管寫得怎麼樣，每一個吃文字這行飯的，都是從小就在使用文字上比別人出色，然後慢慢歷練出來的人。

與我日後遇見的許多寫作或編輯同儕一樣，我這成績普普的學生往往在一兩篇作文之後就讓國文老師認識了。在文字表達方面有了些自信，也就寫些東西向外面投稿。我投稿的最大動力是希望稿費能解決零用錢的不足，譬如說能讓我看更多的電影。

家裡對文藝是非常不贊成的，我看所謂的「閒書」都要偷渡了，何況是寫作投稿，因此這些都是我的「地下活動」。中學六年，我從不向家裡聲張作文比賽的成績，投稿則是借用同學家的地址。這樣壓抑的環境，做著被家裡否定的事，心裡自然是徬徨和苦悶的。

就在徬徨苦悶中，蹉跎了一些光陰，來到六〇年代的最末一年，經歷了談不上革命的「改變」吧，我把「地下活動」公開化，違背父親的期望，進入大學讀文科，結束了一個邊緣文青的六〇年代。

逝水手寫信

現在還記得起來的第一封信是寫給同學的。小學二年級時因著家裡的搬遷，從花蓮轉學到高雄家鄉。想必是平常交好的一位同學說要互相聯繫而交換了地址，總之，我寫了可能是人生第一封信給這位姓胡的同學。

我不記得寫些什麼內容了，猜想不外乎新環境的敘述，也不記得對方回了什麼，比較記得的是郵寄這件事。當時平信郵資是四角，有人告訴我，如果在信封上剪一個角，那就只須貼兩角。我照做了，當然印刷品、稿件、未密封這種概念稍後才會知道。慎重其事的找來紙筆信封寫信，還有籌措郵資，那大概是關於「寫信記憶」初始的要點。

高中畢業以前，社交範圍小，根本毋須寫信。分離才是寫信的起因。離開了家，要寫家書報告說有努力兼需索額外用度。離開了朋友，寫信說近況加一點對過往時光的（強說的）惆悵。家書會持續（你懂，一定要的），友情信常在彼此都逐漸融入既定的新生活後，或戛然而止，或拖些時日無疾而終，至於人可能多年以後再相見，也可能就一別永生。

大學時期往來的朋友多是同學和學長，同班的，同校的，也有外校的，見面容易。若住學校宿舍，同系同學還可在庭院練練排球，晚上相約去看電影，或者穿睡褲打橋牌。寒暑假才須寫信。那樣的年齡，通常人生的島內旅行才啟動。寒暑假會有同學朋友想到哪裡去玩，那個階段不會有人花錢住旅館啦，當然是找同學找朋友，蹭住蹭飯。平常有交情，大家都很熱情。那時電話的普及率還很低，預定行程的傳達全靠寫信。沒旅行計畫，比較有來往的同學朋友也會寫寫信，問好什麼的。

一來一往的字裡行間偶爾會透露一些平常矜持的外表底下柔軟或脆弱的部分。曾經一個朋友說出他來自貧困家庭的苦痛，略略吃驚之餘，似乎也感受到他對我的信任。有個夏天，回僑居地的同學來信訴說到他交往多年的女友移情別戀的痛心事實。我當然要慎重地回這樣重要的信，適當的安慰？引用什麼典故企圖讓他多少釋懷一點？或者交換一點自己的軟肋？我已經忘掉那些左思右想一晚上的回信內容了，是誠心認真但想必是十分稚拙。開學之後見面，我們都不會再提信裡面那些事，但會覺得彼此之間多一些關心或連結。

該提一下情書了。我們那個時代的情書和其他的信件一樣，都得受限於傳遞的時間，平信一般是兩天，寄與回加上之間的空隙，一趟來回六或七天的節奏算很正常。當然你可以用限時專送投遞，但你不會覺得情書用限時很怪嗎？我的女友是同學，所以也只在寒暑假寫信。

高中開始寫小說，一直到大學畢業我的投稿都很單純，不是發表就是退稿，沒有編輯的片言隻字。第一次收到編輯的信是實習那一年，一位編輯用報社的稿紙回信給我說，稿子會在過一陣子企畫推出的「小說大展」裡發表。編輯沒有署名。

之後，念研究所那幾年，寫作算是勤快，認識了幾位作家同儕，也受到了幾位編輯先生的照顧。我的生活裡開始有一些文化圈人士的往來。服兵役期間，我每星期回家，大概會有一兩封朋友或同學的信待回，間中也有編輯寫來的。

退伍不久，進入報紙副刊充當編輯，角色換了過來。我經常性的工作是看外稿，覺得寫得好的留下來推薦給主編，其餘的就退回了。當時是副刊企畫蓬發的時代，我們副刊又是主戰之地，主編約來的名家作品都發表不完了，外稿很難擠上去。主編同意留用的稿子疊放在櫃子裡遲遲發不出，我後來便極少推薦主編留用了，心裡想說的是別耽誤在這裡請另尋園地發表吧。同事們戲稱我是「桃太郎」，我實在是不得已。我不敢寫退稿信，因為不知怎麼說，內中說不定有我不認得的前輩呢。

轉到出版界初期是我寫信最頻繁的時光。當時的公司經過一次改組，我又慢了三、四個月才到職，已經有一些來信等著了。我負責編文學系列，那些信多是海內外作家來詢問他們過去出版的書的現況。我先查編輯部裡的出版和再版紀錄，再請總公司的財會部門查對前此付出的版稅，把狀況一一回覆作家。大約是知道有人來處理這些事了，我收到更多的信。記得一位大師的來信言簡意賅：我那幾本書的版稅該算一算了吧。傷感情的是那幾本書近期都未再版，我沒有回信，是登門親自向他說明的，他就住在臺北。

這般的開始，似乎預告了這是密集溝通的行業，經常的電話和寫信是常態。我後來在出版職場，轉了幾個碼頭，國內作家見面或電話聯絡都方便，當然也寫信。

更多的信是和海外的作家學者的聯繫，許多重大編輯計畫都是在一封又一封的信件裡確定的。寫信的後期，傳真機已經很普及，我們或可稱之為手寫信的即時傳遞。

網路興起時，我只用了兩、三年的 E-mail 便退出職場了。後來的生活裡，網路資訊工具日新月異，眾所皆知。我僅能勉強跟在後面使用一二。

經歷過手寫信時期的我們也許會懷念那些紙張的摩挲，那些或工整或清麗或瀟灑甚或筆走龍蛇的字跡，此外還有慎重其事的氣氛，等待的厚重情感，又或者拿在手裡的實體感……然而知識的情感的厚實是累積的，訊息的傳遞倒該是迅速為尚，進化的通訊方式當然莫之能禦。慎重其事與厚實情感關乎於人，在迅捷的傳遞方式中依舊存在。

這篇寫的是「手寫信的故事與經驗」，手寫信與「鍵盤信」的差異自在其中。或許能寫這樣經驗的人都有一定歲數了，怎麼看都像在追憶逝水啊。

零下四十度的滋味

油桐花開的季節，我們突然想起了一個多年未訪的賞花去處，於是驅車前往。那是北宜公路上的一家咖啡棚屋，一半建在路邊，一半凌空架著。坐在那兒，可以遙望遠處因層次而濃淡的山巒，也可以俯覽眼前大片樹林覆蓋的山谷。沒有讓人失望，雖然已到季節尾聲，山谷裡或遠或近都還有叢叢白色桐花映入眼簾。

點咖啡的時候，店裡懸掛的音箱響起了吉他弦音的前奏，我隨即聽出是強尼·荷頓的〈When it's springtime in Alaska（It's forty below）〉。春天到臨阿拉斯加的時候，氣溫零下四十度。

零下四十度，對生長在亞熱帶的我們是難以體驗的溫度吧，加上是習以用攝氏的國度，以至於小學算術攝氏華氏轉換題裡「攝氏零下四十度等於華氏零下四十度」的意義也不大。反正那個溫度很冷距離我們也很遙遠就是了。

六〇年代末，有一個很夯的冰品叫「凍凍果」，大致是將各種果汁封在塑膠袋裡冰凍而成。藉由電視放送人人耳熟能詳的廣告歌，還加上一句訴求標語「零下四十度的滋味」。

零下四十度是什麼滋味？吃支凍凍果顯然還無法接近。幾年過後我倒是有機會切身領略。

大學畢業等待實習的那個夏天，一位讀夜間部白天工作的朋友介紹我到他們公司打工，那是位在市區裡的一家奶品工廠。

這家奶品廠的產品主要是牛奶和冰淇淋。最裡面的生產部門製造出來的盒裝或罐裝牛奶，一箱箱地由輸送帶送進靠外端的牛奶庫，冰淇淋也以同樣的方式傳送到牛奶庫旁的冰淇淋庫，兩個庫房的功能差異用冰箱來比喻大致就是冷藏和冷凍的區別吧。

我的工作在冰淇淋庫。很快就把領班為我領來的厚重連褲衣帽「太空衣」直接套到身上，再換穿長筒雨鞋，戴上棉線手套，跟一位老手進庫見識一番。兩道厚實的隔熱門裡面是森森冷氣，我問老手那是幾度？他笑著說：零下四十度。後來知道是零下三十度或多一點，不過沒有什麼差別，對我來說都是夭壽冷。我的第一次急凍沒待多久就出來了，領班好心建議我明天多加一雙毛襪，手套也可以一次戴兩雙。

日常的工作是接到出貨單後，通常是當班的兩個人一組，將作業服穿戴嚴整進庫，從堆疊的各式（四兩杯、一公升盒裝）各樣（草莓、芒果、鳳梨、巧克力、瑞士巧克力……）冰淇淋中依單取貨，裝在塑膠箱裡，順著輸送軌道推到前面條狀厚塑膠幕遮掩的小小出口，外面會有保冷配送貨車接應。人待在冰淇淋庫裡很難維持十分鐘以上，每次我們都盡可能快速工作，但有時候單子大，或是某些品項遍尋不著，花太多時間，出來時，往往身體僵硬，臉頰也都麻了。最吃力的時候是冷凍機的水管漏水，漫在庫房地上結了冰，我們奉命進去清除，十字鎬敲到冰上像敲擊水泥地一般，我遇到的幾次，都要中途出去喘口氣再進去把冰塊敲完。

牛奶庫和冰淇淋庫其實都屬同一單位，也就是保藏兼出貨組。牛奶庫那邊產品進出量大，人員比較多，偶爾忙不過來時，我們也會被叫進去幫忙，但我倒是未曾看見他們來冰淇淋庫幫忙，想來主要是他們沒有「太空衣」這樣的防凍配備。

平時我們都在兩個庫房之間的廊道休息待命。因為班表不同，並不常和介紹我工作的朋友碰到面，第一次遇到時，他對我神祕地招了招手，我隨他進入牛奶庫，走到層層疊疊的各式產品深處，他拿了兩小盒牛奶，就地撕開喝將起來。自己要給自己進補啊，他說。牆角垃圾堆裡，破碎的玻璃罐等廢棄物之外，不少撕開的牛奶紙盒散落其中。公司明令禁止員工私自食用產品，抓到一律開除，但顯然多數人都不當它是一回事。相信這應該很誘惑人，但我沒有喝，純粹是因為不喜歡，很早，八、九歲吧，我就不吃不喝任何奶製品了。

許多人到牛奶庫進補，冰淇淋庫倒是沒人問津，因為冰淇淋都凍得硬邦邦的，不要說挖冰淇淋的小木片，你帶金屬湯匙進去挖搞不好都會挖斷。有一回我難得看到一盒冰淇淋裡居然有一個坑，想了一下，應該是冰淇淋剛進庫尚未結硬時，接應的人順手挖了一口來吃的結果。

曾聽一位冷氣工程師親友說過，夏天進進出出冷氣房太頻繁的話，冷熱溫差會讓人頭暈。那個盛夏，我在零下三十幾度和零上三十幾度，溫差超過六十度的空間不斷來回轉換，可能當時年輕並不覺得怎樣，挫敗我的是別的因素。我們的工作採三班制，我都被分配到早班或午班，而以午班為多，那是下午兩點到晚上十點。兩、三個星期之後的一個下班前，領班說晚班臨時有人不能來，希望我留下來加班。大概是那樣的情況不便拒絕，也可能是逞強，我接了下來，也撐了過去。但隔兩天，第二次連上兩班，感覺累壞了，清晨下班打卡時，連大門的警衛都向我說：老弟，你的臉色很不好啊。

那天回去住處，睡到不省人事，起來後身體還好，只是提不起勁來，另方面覺得打工所得剩下的夏天應該夠用了，便辭去了工作。

夏日將至的腳步躑躅。一陣山風拂來，前一天剛換穿短袖的我，不禁起了一股涼意，眼前喝剩的咖啡已經冷透，咖啡屋音響裡的強尼．荷頓也早已輪換到我不熟悉的其他歌手了，雖然還是鄉村歌曲。

強尼．荷頓的歌，抒情以外，歌詞常有滿滿的故事。另外一首背景也是阿拉斯加的〈North to Alaska〉歌詞等於是同名電影《北國尋金記》的楔子，歌唱完，電影接續演下去。這首〈When it's springtime in Alaska（It's forty below）〉的歌詞是說唱歌的第一人稱「我」，在荒野裡工作兩年後進了城，去沙龍裡逛時，為名叫「柳」的女孩的歌聲傾倒，於是和她盡興跳舞，「我」並不曉得柳是一個狠角色的未婚妻，狠角色掏出刀丟擲過來。歌詞分三段，前兩段後頭都以 When it's springtime in Alaska it's forty below 作結，第三段在「狠角色掏出刀丟擲過來」時彷佛影像定格，緊接的那句收尾卻變成 When it's springtime in Alaska I'll be six feet below。地下六呎指的是墓穴，直白說是：「春天到臨阿拉斯加的時候，我就死定了。」好慘的零下四十度的滋味。

氣候完全不是這首歌的主題，每次聽，我都覺得在聽一篇雖然有點老哏卻處理得還不錯的小小說。

歸鄉

我出生於花蓮並在那裡成長，父母親來自美濃，高雄美濃。我們的戶口名簿、戶籍謄本都註明「本籍高雄縣美濃鎮瀰濃里……」，那地址是我們的老家夥房。

長期在花蓮的生活裡，我們家偶爾會出現「歸美濃」這個詞。這個詞有兩種意義，首先，父親從臺北調職到東部並非他的意願（誰是呢），但若知道派令出於和上司吵架之後也就不算是什麼意外了。父親可能想著還能調回北部或西部罷，但年過一年，日子持續流逝，也就定著了。他後來在不順心的時候有很少幾次唸說「歸美濃」，這裡頭就有「不如歸去」的意思了，背後是家鄉有祖父遺留給他的幾分地而他年少時也耕過田的事實撐著。還好，他終究沒這麼任性辭職回鄉務農，看來只是牢騷而已，喝瓶啤酒，藤椅上乘個涼，觀望夜空裡的星星，細細沉思一番，第二天繼續上班工作。不該這樣調侃父親的，成年後的我，工作不順遂時不也說過，就辭職吧，我還可以回家寫小說哩（不敢相信那時候真這樣說了啊）。

「歸美濃」第二種意義單純的就只是一個旅程。上世紀五〇年代較少，六〇年代以後頻繁一些，大致是一年一次，父親會在三月底一個人回美濃掛紙（掃墓）。我們所知道的是，父親會去吃一碗面帕粄（粄條），至於將面帕粄迢迢帶回東部則絕無可能，那不是他的作風。偶爾他會帶一包夾心餅乾回來，那可不是美濃或高雄的名產，是他回到花蓮，去騎停放在辦公室的摩托車時，在附近買的，包裝袋上印有店名和地址，買的人不怕人知道，吃的人也毫不在意。

一直是以想像存在的家鄉美濃，在我八歲時成為具體經驗。我們全家搬回美濃。當初東來的三口家庭，已膨脹成八人的返鄉團。這次「歸美濃」的意義看起來是第一種，父親要到臺北接受膽囊摘除手術，可能是當時這樣的手術或者因此升高的憂慮，使得父親決定先把全家送回故鄉，以備萬一。結果手術順利，我們又轉回花蓮，以第二種意義終結這次的返鄉行動。

我那唯一一次長住美濃的半年，除了深刻感受到親戚眾多以及氣候炎熱之外，曾經遇到一次水災。潰堤的水，洶洶而來，我們在夥房裡的兩間屋子是泥牆竹木瓦頂組成，大水很快湧進床下泥地，母親便帶我們到後邊炳昌（堂）伯母家去避難，他們家是兩層的水泥建築。外面做大水，我們和伯母家的堂弟妹倒是玩得很開心。那次的水災大概少見，許多年後與長輩親友聊天，還會出現「發大水那年……」這樣的句子。

發大水是一九五七年的事，一九八〇年夏天，鍾理和紀念館在美濃尖山下破土開工。這件文壇的盛事，還附搭了根據理和先生原作改編的電影《原鄉人》首映，來了許多作家和報刊雜誌編輯。我工作的中時人間副刊主編高信疆臨時有行程，未克出席，於是以地緣關係派了新進編輯的我前來。聯合副刊主編瘂弦也未出現，但有另一位副總編輯帶隊出席。理和先生一九六〇年辭世之前與之後，當時林海音主編的聯合副刊發表了許多他的作品。

我當時認識的作家還不算多，趕快去前輩作家聚集的鍾家廳房拜見一番。受到的熱情招呼之中，難掩一絲失望之情。這很容易理解，我還是很高興的與大部分是鹽分地帶的年輕作家們聊天，在一箭之遙的朝元寺午餐席上同桌共飲。

在開工典禮的會場，倒是意外的遇到多年未見的炳昌伯母，我這才知悉她是理和先生遺孀臺妹女士的妹妹。

知道鍾理和的人多會因此知道他的長子鍾鐵民也是作家。我倒是在不知有鍾理和之前先知道了鍾鐵民。六〇年代，我從某本雜誌上的一篇小說裡看到主人翁說「屙膿屙血」（胡說八道）四個字，我心想，用這樣字眼的應該是吾鄉之人吧，因此記住了鍾鐵民。理和先生反而要到七〇年代中期，隨著逐漸出現的討論和「鍾理和全集」的出版我才有機會閱讀和認識。

父親滿六十五歲那年從公司退休，終於「歸美濃」長住。先是租屋，然後是農田一角的新居。我外祖父是美濃有數的書法家，他送了一幅中堂，上書「奮鬥」兩個大字，父親說：「都已經退休了，還要奮鬥什麼？」說是這樣說，還是掛在起居室裡。

我們夥房裡的祠堂，由各房輪流值年。父親回鄉沒幾年，便接了輪值的工作。那一年裡，他每天晨昏各一回，騎摩托車到祠堂開關門點香祭拜。當初建立夥房時是四房兄弟，歷經數代，子孫綿延，要許久才會輪到值年。根據十幾年前發的一份輪值表，下一回輪到父親這一房時，我算了算，大概是我大姪兒退休後的事了。

父親退休後，便是在臺北工作和居住的我們「歸美濃」了。通常是農曆春節和掛紙時辰。有時候送孩子來阿公阿嬤家度暑假，自己也順便住幾天。

有時候則是長輩的辭世。外婆過世時，我們回鄉那晚，姨媽和表弟妹們來訪，母親只一位妹妹，時有聯繫，但我們表兄弟姊妹多年未見，歡喜重逢，還談到他們年幼時的環島「壯行」，到花蓮受困颱風，在我們家住了一星期的往事……，明天不是外婆的葬禮嗎？是啊，連翩笑語是真實，翌日的哀傷眼淚也是真實啊。

我常在春節歸鄉期間到鍾理和紀念館走動，偶爾也彎進裡面的住家向鐵民兄拜年。鐵民兄向臺妹女士介紹這位來客時總是以「下庄陳屋夥房」來標定我的身分。大約在本世紀的前十年，我有幸多次與鐵民兄同場擔任縣市長篇小說以及客委會出版補助的評選工作，會議前後時有機會聽他談鄉情熟人，反水庫時與我茂芳舅在內的同志聯手行動……。如今斯人已遠，走訪紀念館只能是沉靜的旅程罷。

在美濃的日子，我們曾經輕快的走親戚，尋訪製作美濃傘的老師傅，粄條街上啖食家鄉風味，行走埤頭下，假日人多的湖邊也有水靜鵝飛的時刻……，我們還到過古蹟竹仔門電廠，青山綠水間，仿巴洛克建築的廠房在焉，寬敞的草坪，扶疏的樹木，還有記述廠史一二的三兩碑石。一九四六年初，父親從海外歸來，同時接下竹仔門和六龜土壟灣兩電廠。我與妻小初訪此地時，父親離世已超過十年。

那之後的歸鄉旅程也逐漸成為沉靜的調子。父親辭世多年後，將母親接來臺北，我們仍然要「歸美濃」。掛紙是一定要的，還有親族的告別……

在晚近幾次難眠的夜車裡，我不禁會回想起歸鄉的種種。溶入，淡出。那多是重逢、分離、歡樂、哀傷……的組合，原應是繽紛甚或是喧囂的場景，在歲月裡卻都無聲地流逝了，那些曾經熟悉的人們和他的故事似乎在呼喚你，旋即又隱身而去。一如窗外高速公路旁向後退去的暗灰樹影（文字和電影上都是老哏了，我還是想任性地這樣寫）。

歸鄉的路途，年幼時從花蓮搭窄軌的柴油特快到臺東，轉乘公路局巴士繞南迴公路與縱貫路到高雄，然後僱出租車一家八口擠進去直達美濃。後來是臺北近子夜的平快，臺鐵自強號，高速公路國光號，自己開車，高鐵，夜行巴士……從高雄、左營或楠梓轉車。從路遠道阻到一日來回，如此走過大半人生。

還有一趟我不會忘記的旅程。少年時期，母親曾經說過，我更早之前就已經回過美濃了，當時我出生不久，父母親帶著哥哥和我回鄉，搭飛機。哇，好豪華的旅行啊那個年代。我問了路線，母親說是從花蓮北埔機場飛到臺東，加了油再飛高雄，在高雄港降落。我沒有懷疑，而且從聽到這趟飛行之時，腦海裡已經開始建立起整個飛行旅程。水陸兩用的小型飛機，掠過樹林，斜穿過海岸線，洋上翱翔，然後滑過寬闊草坪的機場，轉彎，再起飛，越過群山，降落水面。在空中向下看時，除了山海林木河流，還有獵獵衣角，以及我懸空的雙腳……

我愛這記憶之前的返鄉飛行。

昨日球敘

十幾年前曾經到東華大學駐校兩個學期。約好報到當天，我們從臺北開車，載了一些基本的生活用具前往。三號國道接五號國道轉蘇花公路，三個多鐘頭之後，到了花蓮市近郊。

「停下來，停下來。」看到機場對面的「家樂福」，太太忙叫我轉進去：「需要買些食物。」

進了賣場，太太擔任主要的採買工作，我則在貨架間隨意瀏覽。然後，在離生鮮食物遙遠的一區看到了幾排籃球，我挑了一顆放進推車，也沒忘記加放一枚打氣用的球針。

那之前，一星期兩個晚上，我在臺北一所高中的體育館和球友一起打了十幾年的籃球。除了治療五十肩那段時間停了一年多，我算是勤於運動，鮮少缺席的了。好習慣，駐校期間也不要中斷啊，何況在位於壯麗中央山脈和秀美海岸山脈之間的開闊校園球場。

沒課也沒其他活動的傍晚，只要不下雨，我都會抱起籃球，往最近的球場走去。那是兩個並排的球場，旁邊是一棟男學生宿舍，傍晚適合運動的時間通常很熱鬧。我先和零散的球友在籃球架前運球、上籃、投籃，或者加入其他人一起報隊三對三鬥牛，有時候也打起全場。我並不是什麼運動高手，只是喜歡打球，拿它當運動，要比跑步有樂趣多了。從年輕打到老，完全沒受過任何調教，早期我們會說自己是鬥牛出身的球痞，現在流行的說法是「公園阿伯」。

公園阿伯沒條件衝撞，總是移位閃躲，迂迴前進，依賴團隊合作，避免受傷為要。打球沒受傷，倒是在球場遭遇一次小黑蚊的襲擊，小腿腫了一大片，可能是行過草叢的關係。

日常見到的年輕球友，久了從他們的談話裡知悉是物理系的學生為多。有兩位物理系的老師也常來一起打球，師生距離日漸縮短的時代，他們一邊打球，一邊與學生的對話，充滿趣味。我與其中一位陳教授曾有一次短暫的聊天。結束駐校工作四、五年後吧，有一回到東華中文系演講，會後，主持活動的張老師和我說，她的鄰居物理系的陳老師說曾經與我一起打過球哩。

我不曾在籃球場碰到選修我課的同學，一次都沒有。文藝青年愛運動的比較少？其實不見得，寫小說的L不打籃球，卻是乒乓球高手。我和他在學生活動中心交手過兩回，也屬公園阿伯型乒乓球技的我，防守還可以，雖然二十一的記分裡，大約要差他五、六分以上，但相互拉球的練習基本是沒有問題的。十幾年後L已是一位嶄露頭角的傑出小說家，一年多前，我們曾有一次球敘，我無法見識他應該是更精進的球技，因為我自己的球感都已經崩壞到無以和他對應拉球了。

上世紀八〇、九〇年代之交，我們幾位從事藝文工作的朋友同事曾經與前輩小說家劉大任打過幾回乒乓球，他的球技是高手指導過的，攻守與姿勢體力俱佳，我們無人能敵。L的桌球當是能與劉大任相提並論。

無論自己打不打球，看球也是一種樂趣。二〇〇五年，王建民在MLB初登板隨後發光發熱，影響所及，短時間內臺灣多出巨量的電視美國職棒球迷，我也自然成為其中一個。

花蓮的生活有車比較方便，駐校期間，多數日子與太太一道開車前去，住在宿舍，十天或半個月再回臺北。但也有多次一個人前往，上完課翌日再回來，這種時候就搭火車。那陣子如果碰到王建民在美國東岸先發，我還會早些起來看球，遇到出發上課那天，通常看不到王建民投完三局就得出門趕火車了。沒看完沒關係，晚上上完課回宿舍還能看重播。修我課裡頭的一位年輕朋友H是棒球迷，偶爾會和我在上課前聊聊球經，免不了在不經意之下透露了我當天早上沒看完的電視球局，多少影響了一點補看重播時的樂趣。還好，比起以情節取勝的長篇小說或電影的「爆雷」，這算是輕微的了。H真的愛棒球，記得他交的期末作業是以棒球為背景的短篇小說。多年以後我才知道H的「本職」是詩人。

那段觀球的期間，讓我覺得最美好的一天是：早晨看了幾局王建民在洋基的先發，搭乘火車抵達花蓮已是中午，我在站前一帶小吃店午餐時，正好是美國西岸道奇後援投手郭泓志上場大殺四方的時刻。這樣美妙的戲碼，雖然只遇見一回，已足以讓我歷久難忘。

在花蓮家樂福買的那顆籃球，形色和價錢都很普通，卻顯然經過授權。球體上印的廠牌 SPALDING 和ＮＢＡ及其標誌，容易了解，但另外印的兩行字 PAU GASOL 和 MEMPHIS CRIZZLIES 所顯示的球星和球隊，我都感到陌生。

幾年後，因了林書豪旋風，頻繁看起ＮＢＡ來，才逐漸多認識一點 Pau Gasol 保羅．蓋索和他曾經所屬的曼菲斯灰熊隊，我也很自然的成為他的球迷。看過運動頻道和維基關於蓋索的資料，蓋索是西班牙人，二〇〇一年加入ＮＢＡ，先後待過灰熊、湖人、公牛、馬刺和公鹿等隊。他同時也是西班牙國家代表隊多年的主將。我買那顆籃球時，約莫是蓋索在曼菲斯八年的末期，也正處於如日中天之時。儘管是動作靈活的長人，入選六次明星賽，在湖人拿過兩次冠軍，如今在傷痛和歲月（已屆四十）加身之下，保羅．蓋索職業球員生涯恐已來到尾聲。今年進行中的球賽就未曾見到他的身影。

從花蓮帶回臺北的那顆籃球，算是那段日子的紀念品。十幾年來一直未再使用，球身已黯淡洩氣，字跡也略有脫落。雖然如此，偶爾看到靜靜擺在儲藏室角落的它，還是會讓我想起昨日的快適球敘。

我的書房

我的書房很小。

這句話相信許多人有意見，有多少人會說「我的書房很大」？特別是那些修習人文社會學科，或是愛好文學／生活／漫畫／奇幻……等獨沽一味的人。他們讀書，愛書，買書，蒐書，藏書，再讀，再買……幾十年下來，不是書房太小，而是書累積得太多了。

五十五歲離開職場之前，我是沒有書房的。很實際地說，如果你住在都市（甚至在小鎮鄉村），居屋有三房兩廳算是不錯的了，如果家裡有兩個小孩，每個人都需要有自己的房間，你要怎樣擠出一間書房？可以啦，你可以在客廳（或起居室）擺個書櫃或者幾個書架，書放上去，顧盼之際，果然是書香門第模樣。問題是起居間乃家裡最頻繁使用的公共空間，不能只是你看書寫字，太太要看新聞要追劇，孩子要看卡通，你自己呢，你也是要看新聞看球賽看長片，或者就和他們一起看卡通追劇……最終，起居間便只能是起居間了。

我說沒有書房，完全不帶一點哀怨的意思。沒有書房，也就是意謂著每個地方都是我的書房啊。書可以從起居間飯廳漫漶到每一個人的房間，到無人使用的儲藏櫃。

我二十幾年的編輯生涯，大部分時間都在編書，公司發下來的、買來的、朋友贈送的各類書籍，放在辦公室為多，當然也有在家裡和公司之間帶過來帶過去的。工作一有去意，便每日拎一些回家，遞辭呈時，也得以俐落告別。但我最後離開職場時因為積累太多，租了一部中型卡車才把幾十箱書運回家裡。

這時候，我已來到後中年，孩子們相繼長大離家，房間空了下來，我便有了自己的書房。書房小，兩個窗戶邊，一個擺書桌電腦，一個擺短書架，其餘靠牆之處，除了衣櫃前，都豎立比人高的書架。書房中央連接書桌的是個長形工作臺和半人高書架。

算不上雅致，但看起來還從容的書房，完全招架不住幾十箱書塞進來。於是許多書架不得不放前後兩層或者前排橫躺幾疊書以增加容量，書架前地上再排排放幾箱書，工作臺先暫放幾疊書，然後「暫時」就變「長久」了。衣櫃原本還放些雜物的，如今也別再肖想，把一箱箱的書疊進去。最後又故態復萌，一箱箱的書流淌到其他房間去「暫放」。

「暫放」的書始終回不來書房，因為此後多年我還是和許多同好「同症頭」，繼續看書買書。遇到擔任年度好書評選員的時候，會再多增加五、六十本書。於是書房地上層層疊疊都是書，已經不容兩人擦身了，雖然日常也只是我一個人獨享書城，或者獨困愁城？

大概是六、七年前吧，思前想後，不得不痛下決定。我不是藏書家，就算是某個類型或小項目都不是。再說我對書服膺的是「讀了才算自己的」，唉，有時候讀了，除非內化，隨著時間流失，也都不再是自己的了。那麼這些看過和沒看過的書還要再留嗎？有些書當初買來是為了特定的計畫參考用的，如今事過境遷還要留存嗎？空間也就這樣了，得面對現實。

我開始展開要把書往外搬的行動，但不知要送給誰。有一天我把想法告訴了在美術館當義工的前同事，她出了個主意，約了一天把一起當義工的年輕朋友帶來我們家，十人左右吧，我請她們分幾梯次進書房，除了一個書架都是朋友簽名贈送的書保留以外，自由挑選，冊數不限，想看就拿，我在書房外「檢查」，真想保留的就「扣」下，結果也只扣下一本。來人中有一位帶走近二十本，多數的人太客氣，只拿兩三本，書房擁擠如故。

這樣不行，我開始趁著有事外出的時候，裝幾袋或幾箱書放後車廂，帶去給認識或不太認識的兼賣二手書的書店朋友，直到有位朋友堅持要付我書款。同一個時候，我認識的一位編軍事書的年輕朋友介紹了一位他的朋友，新朋友專蒐藏中外軍事書與雜誌，說他正在淡水家裡的地下室整建一個可儲藏四萬本的書庫。我的生涯中曾經兼著編輯過近十年的軍事書，參考或蒐羅的中英日文軍事書也是我擁有書籍的一個重要部分，人家有這麼大的書庫，我或可貢獻一兩個百分點，便只留下想再讀的一個半書架，其餘讓他們分兩次用車載回充實「軍武」書庫去了。

我擁有的書還是以文學類書占最大比例，畢竟我的主業是文學編輯，而且是從少年時期就養成了的閱讀嗜好。歷史類書也是一個重點，年輕時念歷史，也編過歷史叢書，對這類書的閱讀有高度興趣，我讀和編的軍事書偏向軍事史，應該也屬於歷史類書。我也擁有一些旅遊書，近年讀得比較多一點，不能常常出門旅行，臥遊止渴也好。

如果有足夠的空間，擁書自重的感覺自然良好，偶爾閱讀或寫文章時想到某本讀過的書有關聯，還可以從書架上找出來印證或引用，多麼方便快意。想是這樣想，實際上空間是無法孳生了，而想像裡的快意時刻也不知多久才會發生，就面對現實吧。還有每每留下說要找機會重讀的書，面臨不斷進來的新書，認清自己的時間和歲月有限，只好嘆一口氣忍痛割捨了。

最後，真正比較有效的是請專門的二手書店來收。幾年間一共四趟吧，每趟五、七百本不等，每次感到書房鬆了些，可沒多久不知不覺的又回到舊觀，但流淌到書房外的書倒是減少了。

我們在此深居多年，社交不多，進起居間小坐的親友已經鮮少，更不必說進到書房的了。除了那一回特殊的「自由挑書」行動之外，想得起來的是兩次採訪，其中一次攝影師（是我多年不見的老友）在門口探了探，默默走下樓去。最近則是跟著夥計來收書的二手書店老闆娘突然說想看看我的書房，於是上樓來，我不知道她去過多少家書房，但這應當是不顯眼的一家。

日常會進來書房的都是家人，空間逼仄，通常就站在門口說話。太太喊：吃飯了。……吃飯了。……吃——飯——了——。大約間隔一個週末回來小住的兒子媳婦會來門口找（通常是不想洗澡）跟他們躲迷藏的小孩，「小栗子呢？」他們問。孫子躲進我書桌下時會吩咐我：「不可以說喔。」我什麼都沒說，只往下瞄一眼，小逃犯就被抓走了。

兒子一家來時，兩個大人和小孫女睡客房，孫子則到阿公阿嬤房間打地舖。阿嬤早睡（更正確的說法是阿公遲睡），孫子老嚷著睡不著，阿嬤就會讓他到書房來和阿公混個把鐘頭。他穿著睡褲或者小內褲，跪在凳子上，上身趴在舊五斗櫃改裝的資料櫃檯子上畫他的小人畫，或做他奇奇怪怪的勞作。我很享受他跟我混的這段時間，雖然我們其實很少交談，各做各的事。

除了我，最常出入書房的應該是家裡那兩隻貓。貓少有大動作，終究還是親人的，由於我常擔當開貓罐頭攪拌飼料餵食牠們的工作，日久天長，只要牠倆覺得該用餐了，就會跑來椅邊喚我，腳邊蹭我。寵物店買來的貓窩也塞在書房裡，但牠們並不愛使用，常常鑽到空紙箱裡盤躺。地上的資料堆，我的背包，角落的板凳下，甚至我離開時的椅墊，都是牠們睏息之處。夏季暑日，貪圖冰涼，更是直接躺倒在地磚上，睡得四仰八叉，毫無形象。

書房兩邊有窗，雨日寒季不潮，開燈即可；晴朗的日子，樹影婆娑，室內亮堂通風，最是閱讀好時光，更讓人流連。一個人在書房裡是如此的俯仰自如，也是逃避壓力的好所在，日日窩在那裡，肚子就是這樣坐大的。書房要減肥，可以請人來收書。人要減肥，可沒那麼簡單，又減食又運動，就算略有成績，稍不留神，又復回去了，這點倒又和書房滿像的。

日常的我，起床後直接進書房開啟電腦，再下去吃早午餐或午餐，然後就回到書房裡，或看書，或流連網路，或帶著面對作業般的心情點開好像永遠不可能完成的寫作中的文字檔發呆。如此這般黏在書桌前好幾個小時，往往遭到太太責備並趕出書房。

晚飯過後，再度是書房時間。鮮少人干擾，我繼續已成積習的文字漫遊，通常會一直延伸到午夜過後一、兩點。在深夜寧靜的書房，我的巢穴裡，我間或會站起身子，巡梭一會書架，抽出某本書，瞄一下它們的書封，翻開內裡的紙頁，有時默默讀上一兩段……。每一本書都有著輕重不等的來歷，以清晰或模糊的影像在我腦海裡閃過。每一本書也承載著或淡或濃的時光氣味，附帶著我的過去，我的人生。

輯三

我貧乏的島內差旅

「出差」這個詞，客語和閩南語都是「出張」，來源應該是日語出差的漢字，用各自的母語發音。

十幾歲時，「出張」是我非常期待的詞彙，當然指的是我父親的出差。父親生活規律，不喜出差，雖然他的工作是在東部小市鎮內坐辦公桌，但也常赴鄉村山區的現場，絕大部分當天下班時間就回來了。雖然辭典上會說「出外辦理公務」就是出差，沒說時間多長，但在我當時的期待和認定裡，總是至少要過一宿才算數的，當天去回，家裡也不用「出張」這說法。父親出差的時候，去臺北或高雄這樣的遠地都要好幾天（往返的路上就要兩天）。若是當地出差，通常只在公司的山區宿舍過一晚。聽到父親要出差，我們（還是只有我？）表面都不動聲色，內心卻暗自欣喜，頓覺天闊雲開。寒暑假不下雨的傍晚我例必騎車到鄰村打籃球，五點一過，即使球戲方酣，也得在父親回到家前衝回去，知道父親出差，便可以打到淋漓酣暢天黑方回，卻有幾次回到家後，父親已然安坐院子。原來事情提前處理完畢，他便回家來了，我自然少不了受到一頓數落。

時間巨輪輾轉，來到出社會做事的自己了。開始工作後很少出差，主要是我的工作並不太需要去遠地。雖然少，也有一些於個人而言特別的小經歷。

大學畢業後分發到臺北縣外圍鄉鎮的一所國中教書，幾十個班的學生，正科的體育老師卻只有兩位，因而有十幾位男女老師都兼了體育課，我是最多的，分配到十二堂，比本科歷史還多兩堂，事實上我的桌子就擺在半個教室大小的體育組裡。

寒假期間，教育廳在南投省訓團辦了一個為期一週的國中體育教師研習營，各校都要派一名教師參加。這應該是正科老師的事吧，兩位正科教師，一位是年齡接近退休的體育組長，另一位是個媽媽，她說要照顧兩個小孩，無法出門這麼久。這件受訓的差事便由組長指派落到新進的單身老師我身上了。上體育課我是滿能接受的，但受訓實在感到心虛，結果是一個無法逃避的外人到幾百個學長學弟的團體裡去過了一星期，不太好的經驗。

下學期某個星期日，舉行了全縣的國中生桌球賽。學校沒有球桌也沒看過有人打乒乓球，但我們學校還是派出了一個女子隊出賽。這事由一位也兼體育的前輩負責，他前一天來說，要我幫他一起帶學生去，雖然有些猶豫，但這位前輩還算熟，不好意思推拒。

星期天早上，我們帶了五、六位女學生，轉了兩趟客運車到永和某國中的體育館。完成報到手續後，前輩說他去附近找個朋友，一會兒就回來。結果直到賽事終了，前輩都未再露面。其實一個人照應五、六位學生沒什麼問題，很多其他隊伍也只有一名老師帶隊。我們隊以兩敗收場，賽後我帶她們搭公車到臺北市的中華商場吃晚飯，又應她們的要求過天橋到第一百貨公司上下各層面逛了一輪，才到臺北車站的公路局西站搭客運車回小鎮。

第二天，前輩笑嘻嘻的來向我道歉，說是被留下來打牌了，推不掉……我只能苦笑，吞下社會大學必定會碰到的另一堂課另一個教訓。

退伍後在報社待了五年，換了幾個單位，都是副刊性質的，最常外出的工作是訪談，對象以作家居多，還有電影人和其他藝術家或學者。這類的訪談有重有輕，絕大部分都在訪問對象的辦公室或臺北市內的咖啡館完成，跑遠一點可以說得上出差的只有幾回。

第一次是去臺南訪問小說家／詩人林蒼鬱。他的短篇小說〈孤獨園〉即將在副刊刊登，主編要我去訪問他寫個短稿配合。不知道什麼原因我選擇搭夜行火車到臺南，然後搭計程車到保安站，很快找到鐵路宿舍裡的林蒼鬱家。很奇特的採訪，天才剛亮，兩個沒吃早飯睡眼惺忪的年輕人開始了關於文學的交談。那時我也還在寫小說吧，雖然第一次見面，因了共通的話題，聊得還順暢愉快。我們談了大約一個多小時才起身，他贈與我幾本他們的同仁詩刊《潑墨》，然後送我到車站。大約二十年後，有段時間流行一種永康、保安起訖的臺鐵車票，取其「永保康安」的護身符／祈福卡，看到這個，我總會想起關於訪問林蒼鬱的那趟差旅。

一九八〇年代以後，高速公路的開通、環島鐵路的完成，個人汽車的普及，飛機航線的擴增（後來因高鐵而量減）等等，很多業務差旅的時間都縮短了，有了高鐵，島內許多地方根本可以一日往返，國內出差這件事似乎感覺比較「平凡」了？當然許多事是因人而異，現在有不少人連海外出差都視為家常便飯呢。

八〇年代中，北高出差當日往返還不如現在頻繁的時候，記得一位上司曾經和我們聊到這樣的事，他說：「總公司的差旅規定，只有像我以上的主管級才能搭飛機，如果你們要到高雄出差，只能搭火車或高速公路巴士過去，辦完事多半天黑了，得在那邊過夜。車費、旅館費和餐費加一加，比當日來回的飛機票貴，還多消耗一個工作天。定這規則的人顯然沒數字概念。」

在海外出差開始之前，我最長的出差是一趟三天兩夜的行程，這還是自己向老闆申請來的。那時剛進出版社擔任主編不久，雖然透過每星期一次的各部門會報，對發行業務略略知曉，還是想說既然在這一行，起碼走一趟現場，會更具體了解這行業。當然，靜極思動想到外地去跑跑的心情也是有的。

我是跟著小謝去的，他是發行部的副主管，中南部屬他的管區，常常得開車下去。我配合他的一次南行，搭便車讓他帶我跑幾處碼頭。我們直接從一號國道下臺中，看兩三家書店，再跑一家中盤後，也到了黃昏時刻，便投宿在一家小謝平常光顧的汽車旅館。那是我第一次住汽車旅館，就是有個大停車場的旅館，感覺停車場和旅館分得很開，又是水泥建物，不像我一路想像的希區考克《驚魂記》裡的貝茲汽車旅館模樣。那時只知道臺中汽車旅館很多，但並未流行從 Motel 音譯的「摩鐵」或「摩鐵路」這樣的名詞。二〇一一年出版的九歌長篇大獎小說《摩鐵路之城》（張經宏著）背景就是臺中，增強了我對汽車旅館與臺中的聯結印象。當然，現在的汽車旅館已經華麗變身了。

第二天，我們前往嘉義，類似前一天的行程，但嘉義中盤兼書店那位老闆很熱情，一定要請我們在一家餐廳吃飯喝酒。小謝事先告知了那位老闆豪邁的氣質和高深的酒量，我江湖資歷尚淺，無能周旋，只盡量在不要醉倒之下，表現得爽快一點。我沒醉倒，但接近了。後來我在這行裡遇到的發行同業，大多認識這位中盤老闆，他的善飲顯然很著名。只是在下一天，繼續往臺南的車上，我腦海裡一直在算，一本定價不到一百，或者只是一百出頭的書，到底要多少本經銷和銷售的利益才能支應昨晚（應該不菲）的餐飲啊……數字不難，但其他的就難了。

在辭典查「出差」的定義時，也看到了「出軌」，出軌除了火車脫離軌道之外，也指行為出了常軌，常與「外遇」並用。出差其實也是出了日常工作之軌，算是條支線。若是「出差」加「出軌」，彷彿就是小說或戲劇情節了，這種情節基本上已經俗濫，除非有更多其他的意義或力道，譬如亞瑟．米勒的戲劇《推銷員之死》那位一直在出差的威利．羅門的境遇。

三十出頭時，有一次和兩位同行到某個訓練營參加兩天一夜的活動，回程的火車上，與其說是聊天不如說是一位老兄向我們開講，我仍然記得他不無得意的說，他每次出差，太太幫他打理行囊時，都會準備一兩個保險套。因為彼此還不太熟的緣故，我們聽他講的當下，都不知是該羨慕還是該吐槽，內心或許應該用現在的火星文&%＊※＋×來形容吧。

回到尋常百姓的出差這件事，有一段對話如下——

我：「小時候我很期盼父親出差，不知道我們的孩子小時候會不會也盼望爸爸出差啊？」

太太：「你有很常出差嗎？哦，後來有國外出差。你不出差也常常晚上很晚回家，孩子都我在顧，你出不出差對他們有差別嗎？」

我：「咳，我只是問他們會不會覺得……自由？輕鬆？」

太太：「哎呀，他們平常已經夠輕鬆夠自由了，你都沒在管。」

我：「……」

太太：「也許他們會盼望你帶什麼禮物回來吧。你小時候不會盼望你父親帶禮物回來嗎？」

我：「不會啊，父親出差這件事對我就是一個禮物了。」

太太沒和我對這段話，都是我自問自答。

去伊斯坦堡之前

隔三差五會去光顧的巷子裡那家早午餐店，上個月貼了布告說員工旅遊店休十日。小店就兩小口子在經營，號稱員工旅遊，年輕人真幽默。

旅行回來，我上門吃早餐時問他們此行去了哪裡？說是土耳其，自東到西，安卡拉進，伊斯坦堡出，還乘渡輪過海峽去了伊斯坦堡在歐洲的另一區。小伙子很開心，淡季團費便宜，還去到了曾經在課本上讀到過的地方。

新世紀初，讀到一本有趣的小說，英國文學教授和小說家大衛．洛奇（David

Lodge）的《小世界》（*Small World*）。描述學院裡的教授像中古時代的朝聖者一樣出遠門。但他們不必那麼辛苦，可以用公款搭飛機到不同的城市去開學術會議發表論文，既增長自己的聲譽，還可順便社交兼度假，當然還有一些男女學者之間情愛生活的攻防情節……。小說嘲諷得是誇張了，我注意到大衛．洛奇這部小說是一九八四年的作品，心裡想的是：喔，八〇年代初，教授們已經飛來飛去了，我以為那個時代只有商務人員和少部分公務員才能有機會經常搭飛機呢。我讀《小世界》時，距小說問世已近二十年，這個世界真的已經小很多，不只教授學者和商人公務員，一般上班族市井小民也都飛來飛去了，旅行門檻降低，海外旅行大爆發的時代已經到臨。

我八〇年代後期開始的海外差旅，起初都有上司同事帶路，慢慢地也就發展出私人旅行模式。我不是那種冒險家旅行者，私人旅行常是自助與（同行或在地親友的）「他助」並行。

我也有少數參加旅行團的經驗。一次和太太參團到東歐旅行，三十幾個人的團我們全不認識，大多是三、四名到五、六名家人或朋友的組合。法蘭克福轉機，聖彼得堡掬過波羅的海的海水之後，來到第二站莫斯科的紅場，有兩家人為了拿錯相機的事發生了齟齬，後來的我們和另一個雙人組，便在領隊的情商之下每餐都最後入座，避免那兩家人不小心尷尬同桌。除了這小小的齟齬意外，其他行程都還愉快和樂。同團中不乏醫生家人子女，大概有事先做功課，知道在哪個城市該買些什麼。前一個多星期只在莫斯科有買魚子醬的小小購物旋風，其他城市就還好。行程最後在布拉格住宿三晚，算是此行的重點。那幾天的行程，每到市中鬧區古建築群停泊自由活動，領隊講好的集合時間我們回到遊覽車上時，都還有好多人沒準時回來，得勞動領隊到一家家的賣店找人，往往延遲超過半個鐘頭，才看到他們大包小包的盡興（或意猶未盡）歸隊，我不知道他們買了什麼，只看到其中一個滿大件的水晶製品，那是我見過購買力最驚人的旅遊團。

還有一回，到加拿大溫哥華去旅行，住在當地的朋友替我們向旅行社報名了洛磯山脈五日遊。我們那趟的旅遊團是當地報名的兩三組散客，併入一個當天剛落地的臺灣旅行團，那是南部一個城市義勇消防隊的親友團。高山森林冰原湖泊美景輪番入眼，幾天的旅行一切順利，氣氛也很好，只是那團主要成員裡的男人們都坐在後面，在白天漫長的遊覽車旅中呼呼大睡。旅程將結束時才從一位女士口中知悉他們每天晚上都是麻將不斷，敘述的那位太太帶著笑容，並未有埋怨之意。顯然旅行會帶來某種程度的放鬆和放縱是家人都可以寬容的（吧）。

參加旅行團的好處是一切有人招呼，可以輕鬆度假。另一方面卻是行程固定自由度小，難以親身體會當地生活的經驗，還有每天三餐都吃太好，特別是吃風味餐時，許多東西不吃的我引以為苦（這是個人的問題，不能怪旅行社）。如果可以，還是自己計畫自由行比較好。

與友人同伴自由行，多半是去日本，由我規劃帶隊。平常四個人一道還好，我帶過幾次八、九個人的團，搭電車或轉車的時候都是處在緊張狀態，生怕一個不注意少了一頭牛。這就了解為什麼旅行社帶團搭飛機之外都是坐大巴士移動了。理解帶團人的壓力，別的朋友規劃帶領時，我也努力配合，帶領的人走錯了路，修正就好，不要埋怨，要像一個朋友從導遊那裡學來的說法：「今天我們增加了一個新景點，不另收費。」

近來，我們小小的旅行有了重大的變化。從網路搜尋資訊，用網路訂房固已行之有年，Google 地圖更加如虎添翼，尚未用上翻譯機就已經使旅者方便找到目的地。去年太太和她的姊妹朋友就依此到東京參加弘法會，順便去了川越、輕井澤還有附近的 outlet，該遊的遊了，該買的也買了。我那堪用的日語已相對不重要，我倒沒有什麼失落感，以後就輕鬆當名團員，有跟旅行團般的好處，還有自足和選擇食物的自由，對了，我還可以帶大家去喝酒。

我和早午餐店小伙子聊了幾分鐘的伊斯坦堡，看我還滿熟悉的樣子，他問我是不是去過？我沒去過，是根據旅遊書與帕慕克的《伊斯坦堡：一座城市的記憶》和他扯的。我沒問他有沒有感受到「呼愁」，這在帕慕克的書裡無處不在的土耳其式的憂傷和失落，因為我自己也是模模糊糊的啊。

吃完早午餐回家的路上，我想起久遠的大學時代曾經發表過一篇小說〈拜占庭〉，寫的是一個小鎮老人無盡的憧憬、渴望和想像的遠方。拜占庭是伊斯坦堡古名，七〇年代初無論在地理上或心理上於我都是無比的遙遠，不想時移勢易，如今世界小小旅遊頻頻的時代早已是人人去得的城市了，而進入老境的我竟未曾一遊。是像許多經典電影一樣，因為有了影帶有了DVD碟片，隨時可看，反而不急了？

真的不急。《伊斯坦堡》是帕慕克帶有濃濃情感的回憶錄，回憶他的記憶城市與成長時代。去伊斯坦堡之前，重讀此書當更能趨近這座歷史名城之心。真的不急。我滿喜歡這本書的，上回讀這本書距今已有十年，親履斯地之前或還有幾遍可讀。

遠橋之旅

翻譯家黃文範先生在考李留斯·雷恩的《奪橋遺恨》（*A Bridge Too Far*）第二次出版時（一九九四，麥田），於譯序說：「深悔前年去荷蘭，走馬看花，沒有到安恆去一睹那座雄跨萊茵河上，使英德兩軍血肉狼藉傷亡慘重的大橋。」從而盼望在「市場花園作戰」五十年的當時，會有人組成「安恆戰跡之旅」的旅行團，沿英軍進兵路線，從比利時的安特衛普一路前往荷蘭的安恆（Arnhem），探索那場血戰。

這種旅行團應該屬於主題旅遊吧，旅遊公司企畫的各種主題所在都有，有些還滿有意思的，大概也都能找到他們的目標客戶。記得上世紀末，渡邊淳一的小說《失樂園》大暢銷，又拍電影又攝電視劇，趁熱而有「失樂園之旅」，目的地大致就是男女主角幽會的箱根、日光中禪寺湖等地。我比較想知道的是，這樣的旅行團到底是怎樣組成的，不會是夫婦，應該是偕同外遇對象一起參加才符合情境？又或者就是夫婦一同體驗？

鮮少參加旅行團的我，前些年曾注意到也有點心動的是臺灣某旅行社請音樂廣播人作家馬世芳帶一個到英國的「披頭合唱團之旅」，也成團出發了。但像黃先生期盼的「安恆戰跡之旅」，恐怕很難成團吧。自己去倒是可行，五年前我和家人就去了一趟。

讀了不少戰史戰紀，特別是與二次世界大戰相關的。二戰烽火遍及各處，有機會去歐洲時，沒有特別計畫，卻偶會相遇。其實這和去一個地方，參觀和了解當地的物景和人文沒有什麼太大的分別，你就是會看到或體會到未曾預計到的項目或細節。

二十多年前還在工作時，曾經從書展展場的法蘭克福彎到倫敦的新舊書店找書，也參觀了戰爭博物館。但當時很想一探的昔日第八航空軍的大本營東安哥利亞卻擠不出時間而未果。

十年前大兒子到法國工作，我們每隔幾年去看他（去旅遊啦），第一次行前因為有些事忙著，此外也沒特別想去哪裡，便任由孩子安排了。那一回，在南法阿爾勒尋訪梵谷的足跡時，從火車站進入市中心前看到了路邊新建未久的小小石碑，紀念一九四四年兩位在此陣亡的美國陸軍航空軍飛行員。後來在比利時布魯日往多維爾的途中，在不妨礙既定的行程下，臨時應我的要求，彎去法國西北邊海岸的敦克爾克繞了一圈，接著在加萊午餐。其實很多地方都一樣，如果腦海裡沒有一段史實或者故事，敦克爾克和加萊不過就是兩個不起眼的普通小鎮。多維爾距離岡城已經很近，岡城是諾曼第戰跡巡禮與相應博物館的中心，應該是比「安恆戰跡之旅」更熱門些吧，這次擠不出時間了，我也只能失之交臂。

之後三年，我們預定去荷蘭旅遊。這次，我把心裡擺著的「遠方的橋」浮了上來。我說：「想去恩和芬、奈美根，還有安恆。」

大兒子在荷蘭念過兩年書，靠海那幾個城市還熟，但沒聽過安恆。幾番通訊來回，決定這個行程從恩和芬開始，過一宿，再經奈美根到安恆住宿。行前，我第三次讀《奪橋遺恨》，於往荷蘭出發的前一晚在北法兒子住處向太太和兒子做簡報。

一九四四年九月，盟軍已經收復法國，英國蒙哥馬利元帥策畫並執行了一場史上規模最大的空降作戰（代號「市場花園作戰」）。英軍第三十軍（轄四個師兩個旅）計畫從安特衛普附近突穿德軍防線，直接打到安恆，攻下安恆後，盟軍就可以揮兵渡過下萊茵河直指魯爾工業區，該年年底前即可結束戰爭。地面部隊前進的狹窄路上，最重要的五處橋梁，必須以空降突擊完全拿下，方可確保地面部隊的推進。盟軍啟動了三個空降師一個空降旅分別在恩和芬、奈美根以及安恆空降。目標最遠也是攸關全局的安恆大橋，其任務由英國空降師和波蘭空降旅負責，卻遭到在那附近整補的德軍裝甲部隊的強力攻擊，血戰多日，以慘敗收場。盟軍空降第一軍團副司令布朗寧中將在作戰前的會議上說的「我以為我們要占的這座橋太遠了」，成為雷恩這本書名的來源。

事隔七十年，我並不會期待能有特殊的什麼出現。詳細的來龍去脈與細節我已在書裡讀過，影像嘛，書裡附有大量的照片，生動（但是再造）的也有電影《奪橋遺恨》。我只是大致走一趟就可以解願了。

也還是有偶遇。我們第一天由北法啟程，經由安特衛普外圍，午後抵達恩和芬時，到兒子的友人黃小姐家小坐。聊到了我們的行程，黃小姐說，附近有一處紀念碑，好像和這件事有關呢。上網一查，居然就是負責空降此處的美軍一〇一空降師陣亡官兵紀念碑。我們一行走路過去，約二十分鐘就到了。紀念碑建於一九六九年，連著一小方園地，座落在馬路旁，靜謐樸素。碑上刻有一〇一師嘯鷹隊徽和陣亡官兵姓名軍階，約是十五人上下，最高階是中尉。恩和芬距「市場花園作戰」攻擊發起線甚近，在當年攻擊第二天就讓盟軍收復了。

大兒子一位已在荷蘭成家的同學楊小姐一家人，熱誠地用豐盛的晚餐客房朝食招待我們。第二天，我們沿路北行，臨時決定略過奈美根，午前就抵達了安恆。

怎麼說這個動心已久的城市呢？我會說它是個美麗的觀光小城，有不算太大的商店區，古老高聳的教堂，然後就是下萊茵河岸和河上的觀光船。岸邊覆蓋著青草的河堤，布置了一些戰時的武器，還有一座小型建築，裡面展示了當時激戰的照片以及視聽說明，略略遺留了曾寄以「飆舉霆擊」（黃文範用語）企望卻功敗垂成的這場戰役印象。

有一處遊客稀少的「空降公園」，是一九九四年紀念安恆戰役五十周年建造的。園內有座用昔日斷垣製成的石碑，上書「September 17, 1944」，正是此戰的初始日。

當然不能忘記大橋。安恆大橋在戰時即遭毀斷，戰後重建，以率部血戰於大橋的英軍第一空降師第二營營長佛洛斯特為名。我在鐵橋上來回走了一遭，完成念茲在茲的「遠橋之旅」。

在民宿住了一晚，驅車往西，目標庫肯霍夫公園，那就真的是走馬看花的行程了。

近讀香港文化評論家梁濃剛新書《你知道我的感覺很好》（二〇二〇，麥田），有一段敘述尚未走紅，從來沒離開過英倫三島的披頭四，在經紀人阿倫·威廉斯安排下到德國漢堡紅燈區一家俱樂部登場演唱的敘述。一九六〇年八月十五日阿倫開動他的小型客貨車，擠了八個人，樂器綁在車頂，浩浩蕩蕩向漢堡進發。一路上，披頭四「歌聲響亮，鬥志昂揚」，汽車抵達荷蘭境內時，阿倫更改行程，拐道前往安恆。原來阿倫一位表親曾在「市場花園作戰」受傷，雖倖免於死，但陣亡軍人近二千，這位表親要阿倫代表他到安恆附近墳場的墓碑前向犧牲者致敬。

據此，安恆曾有披頭四的足跡，我想這地方「披頭合唱團之旅」應該是不會安排的吧？

附注：考李留斯．雷恩以「雷恩三書」《最長的一日》、《奪橋遺恨》、《最後一役》（現皆燎原出版）為世所知。《奪橋遺恨》中譯本最初問世時以《遠橋》（爾雅出版）為名。

舊日本海軍之旅及其他

十年前的事。

我們去日本岡山和廣島一帶旅行一個多星期，從關西機場進出。回程的飛機上，鄰座是一位中年女士，很自然的聊起來，從遞給我的名片上，知道這位FI女士是大阪一家化學公司的董事和行銷部門主管，大致一年一度到臺灣出差，聯繫他們公司的協力廠商。

接下來FI女士談起了日本剛推出的電視劇集，司馬遼太郎原著歷史長篇小說改編的《坂上之雲》，推薦我一定不要錯過，雖然她對選本木雅弘演主角秋山真之

（日俄戰爭時日本聯合艦隊作戰參謀）並不滿意。看來對藝文具有興趣又是同一世代，便跟她聊起我知道的日本電影和小說，小津安二郎和山田洋次的電影，關西這邊的幾位大作家山崎豐子、宮本輝、村上春樹……的作品，FI女士都非常嫻熟，也讓我這樣的外國讀者知道了一個日本本國讀者的一些看法，譬如說她比較喜歡村上的作品呢還是宮本的作品。

話題回到旅行，FI女士推薦我大阪周邊高野山等幾處值得拜訪的勝地和場所，還有，司馬遼太郎紀念館。「我是司馬遼太郎的學妹喔，」她微笑說：「大阪外國語大學。」司馬是蒙古語學系，FI女士則是波斯語學系。她也提到了巴勒維王朝時代到伊朗遊學的經驗。然後問我這趟旅行去了哪裡？

「岡山、倉敷、備中高梁、廣島，此外，特別為自己的興趣安排了尾道和吳。」我說：「尾道是去看小津的《東京物語》還有其他電影的拍攝場景；吳則因為是日本的軍港，我去參觀了有十分之一比例大和號戰艦模型的『吳海事歷史科學館』，還搭渡輪去了江田島看原『海軍兵學校』。」

「真的？家父是尾道出生，海軍兵學校畢業的呢。」

「海軍兵學校」是舊日本帝國的海軍官校。由於光榮感和出路、待遇，曾吸引許多青年菁英報考，每期畢業人數都不多，百來個而已，直到三〇年代才因應需求倍增，二戰期間更因基層軍官的耗損而大量招生，戰時那幾年的畢業生，動輒三千五千，遠超過校史前七十年畢業生的總數。江田島校本部容納不下，還分散到舞鶴、岩國、大分等地設分校。

這些後期的兵學校學生，提早畢業後即分發部隊，補充基層軍官的缺口。僥倖從戰爭中存活下來的，都要面臨一個榮光不再的新社會新人生。

我想到《海軍與日本》的作者池田清，兵學校出身的他，一九四四年畢業後派到重巡洋艦摩耶號當槍砲官，菲律賓雷伊泰灣海戰時，摩耶遭擊沉，池田被武藏號戰艦救起，但武藏號隨後也遭擊沉，他居然也存活下來。半藤一利著的雷伊泰灣海戰的《燃燒的海洋》（二〇一八，八旗），對池田在該次海戰中的經歷曾有著墨。戰後，池田進入東京大學法學院就讀，後來成為一名政治學學者，在多所大學任教，也寫了許多本戰史和「軍普」書，他的著作多集中在日本海軍這個主題。在《海軍與日本》這本小書上，池田清以空優的擊沉威爾斯親王號和卻敵號兩艘英國戰艦始而以失去空優紛紛遭擊沉的日本帝國戰艦終，不斷檢討那個他當年投入青春與血汗意志的海軍其制度與作為。我還在一本雜誌上看到他在一個座談會的發言紀錄，他對學生時代頻被打耳光這件事十分惱火。

臺灣呢，臺灣人在二戰時期的從軍經驗呢？有的。我最早讀到的是鍾肇政繼《濁流》後在《中央日報·副刊》連載的長篇小說《江山萬里》（加上《流雲》而成「濁流三部曲」）。《江山萬里》寫的是戰爭末期臺灣青年以志願名義徵兵入伍訓練的經驗。實際上因為徵召而赴南洋戰地的各行各業多有，醫生、護士、俘虜監視員、通譯員……等等。有實際參戰經驗而以文學留下紀錄最著者當是以臺灣志願兵入伍赴南洋作戰的陳千武（一九二二～二〇一二），他的系列短篇小說《獵女犯》，後來改版為《活著回來——日治時期，臺灣特別志願兵的回憶》，當有紀實之意。

「臺灣人日本兵」多是居軍隊底層，可也有很少數的軍官。多年前曾看過一本已經忘記書名的臺北縣政府出版品，那是訪問多位長輩的日治與戰後經驗，其中一位的經歷很是傳奇。這位先生畢業於海軍兵學校，因為是臺灣人，不分發到軍艦而分發到陸戰隊，戰爭結束後從海南島歸臺，二二八事件時，他參與了嘉義的抗爭行動，遭到通緝，此時恰逢國府海軍來臺招募軍員，他因為正規的日本海軍學經歷而進入國府海軍。國府撤退來臺後，他依然在中華民國海軍服役，在新時代裡，他成為非國府官校出身的軍官，最終以中校官階退役。

近讀《繪聲繪影一時代：陳子福的手繪電影海報》（二〇二一，遠流），讀到他年少的經歷。陳子福是志願入伍日本海軍，被挑選到千葉館山海軍砲術學校受訓，所乘的船遭潛艦擊沉，他幸運獲救，輾轉完成訓練。戰爭結束回臺，有人上門邀他加入國府海軍，許以中尉軍官職。他受訓兩週後退出，也才有他後來一整個世代燦爛的電影海報生涯。

可能是被殖民的身分，還有政治和語言的噤聲，臺灣戰後關於二戰的戰紀熱潮，這些曾有經歷卻「失語」的一代絕少參與。幸好我們還有陳千武《獵女犯》在文學上的高度。被時代錯過了的世代，近年來發掘與研究相對蔚為風氣，多少重建且讓大眾認識了那整個世代的歷史。

日本在戰爭書寫的熱潮下，不乏傑出的文學作品如：五味川純平的《人間的條件》、大岡昇平的《野火》、阿川弘之的《雲之墓標》……。阿川弘之（一九二〇～二〇一五）出身東京大學文學部，戰時任海軍兵科預備軍官，戰後寫下不少以帝國海軍為題材的著作：《軍艦長門》寫的是身為聯合艦隊旗艦的艦史，但身為旗艦又具海軍榮光的象徵，出入其中的有皇室人員、政客、作家、明星、庶民、海內外貴賓等等，因此既是一部日本帝國海軍史話，也是時代的風格圖繪。《山本五十六》、《米內光政》、《井上成美》三部傳記則是著名的「帝國提督（海軍將領）三部作」。以上有幾部作品都曾改編成電影，《雲之墓標》、《軍艦長門》、《山本五十六》等也都有譯本在臺灣出版。

現在知道阿川弘之的讀者可能不多了，他有位既是藝人又是散文家的女兒阿川佐和子恐怕還比較多讀者知道，她也有幾本書在臺灣出版。前些日子我無意中在一個電視節目「Family History」裡看到阿川佐和子的家族史，阿川弘之當然是一個重要部分。在訪談裡，阿川佐和子的弟弟說姊姊的作品，父親都會修改。

前面提到的《燃燒的海洋》（二〇一八，八旗），半藤一利既寫將領也寫基層，他在世紀之交的「決定版後記」裡，注記了他於六〇年代末訪問包括池田清在內的許多兵學校七十三期，也就是一九四四年畢業人士的名字以及當時的職位。近三十人的名單裡，有教授、醫師、牙醫師、商店老闆、企業負責人、大企業的中高級幹部、海上自衛隊一等海佐（上校）艦長……半藤說：戰後日本就是因為通過生死關頭的這些人們的努力，而建立起來的。

喜愛小津安二郎作品的影迷或許不會忘記《秋刀魚之味》裡笠智眾飾演的公司高級職員平山，他戰時就是海軍艦長。戲裡，平山巧遇過去的部屬坂本，兩人在酒吧裡和著〈軍艦行進曲〉的拍子行軍禮的動作看來歡樂……我也不會忘記在「柏青哥」盛行的時代，曾是「大本營報導」背景音樂的〈軍艦行進曲〉成為「柏青哥」店裡振奮精神的主打曲。

我沒問ＦＩ女士的父親後來的人生，只聽她自己說起她父親在兵學校養成的清潔要求，對他們家庭的長久影響，聽不出是讚美還是埋怨。

冬日的邂逅

十幾年前的冬天曾有日本長崎之行，去了平戶、佐世保和長崎市三個城市。事先做了點功課，手頭也有一本圖文兼具的旅遊導覽 Mook。如同我們過去的旅行，大致依計畫走，中途增增減減，看到了我們預計看到的，也邂逅了一些意想不到的物事與人。

對我而言，那次旅行比較大的驚奇發生在平戶。

平戶因接近朝鮮半島、中國，自古海外交流頻繁，十六世紀以降，葡萄牙、西班牙、荷蘭以及英國的商船相次而來，在一六四一年，對外貿易轉移到長崎的出島之前，平戶是深受基督宗教浸淫的地區。旅遊導覽這麼說。

我們從福岡搭巴士一路沿九州北岸過來，在伊萬里轉松浦鐵道到田平平戶口，再轉巴士，中午在終點站平戶棧橋下車。那附近就是多處古蹟匯聚之所，荷蘭商館遺跡、碼頭、石牆等等。我們從海峽水道的邊緣按圖比實，巡行駐足，再拾級而上到小山頂的崎方公園，也看了聖方濟各．沙勿略紀念碑和三浦按針夫婦塚。

循原路下來，稍岔幾步路，我們來到平戶觀光資料館。導覽書上說這裡有早期海外貿易的資料，與外國人結婚的女性及其子女被迫流放到印尼雅加達從那裡寫回來的書信，幕府禁教令下依然信仰的隱藏基督徒資料譬如「瑪麗亞觀音」……

平戶觀光資料館不大，進門，沒有任何訪客，只有一位直覺是志工的臞瘦老先生坐在櫃檯後面。我上前買了參觀券，簡單的對話裡，發覺我們是外國人吧，他問我們從哪裡來？我回答了他。

「臺灣，我去過哩。」

在日本旅行的經驗裡，遇到不少到過臺灣的人。宮城奧松島一位只出過一次國的老先生，旅遊地就是臺灣；千葉成田一位跟著女兒去臺灣旅行的麻糬店老闆娘說臺灣荔枝好吃（她額外送我兩塊麻糬）；石川山中溫泉一位旅館櫃檯女士說他們員工旅遊在臺北住圓山飯店；東京神保町一位經常為司馬遼太郎找書的古書店老闆說六〇年代曾經到臺灣收書……

「在臺灣去了哪裡？」我隨口問眼前的老先生。

「高雄，臺南，嘉義，最遠去了臺中。」

很不一樣的旅程啊——，靈光一閃，隔了幾秒鐘我才邊想邊說出這過去鮮少有機會發音的名詞：

「海—軍—航—空—隊。」

老先生瞪大了眼睛，我想他一定很驚訝我能猜出他過往的身分。我告訴他我曾經是個編輯，編輯出版過許多軍事史和戰紀的書，對舊日本海軍略知一二，當然也知道戰時他們在臺灣的主要駐地。

老先生姓黑崎，海軍飛行預科練習生（預科練）出身，在某地（我沒聽清楚）結訓後，先在橫須賀，一九四二年到過臺灣，待了半年左右。有共通的話題，與黑崎先生便聊開了。他們鄰縣佐賀出身，寫過《大空的武士》、《零戰之命運》的知名「擊墜王」（Ace）坂井三郎也到過臺灣，開戰同時，參與攻擊菲律賓之役，後來去了巴布亞新幾內亞的拉包爾，黑崎先生離開臺灣後去了什麼地方呢？他說去過漢口，也去過拉包爾，終戰時在婆羅洲……

雖然聊得入港，但天色近晚，我還想在閉館前看看展品。樓下轉了一圈後，我們上去二樓的展間，果然看到知名的後腦處刻有十字架圖案的觀音塑像「瑪麗亞觀音」，還有「平戶出生，日中混血，在臺灣建國的」國姓爺鄭成功的人形燒。資料館是禁止攝影的，我們細細觀賞時，黑崎先生上樓來說：「你們想拍照的話就拍吧。」可惜我技術欠佳，沒能拍出好一點的照片。

臨走，黑崎先生送我一本館裡代售的《平戶歷史》，又問我們當晚投宿的地點。得知是「海上飯店」（並不真的在海上，只是緊臨海岸罷了）時，他低首在便箋上寫了幾行字，要我將它交給飯店櫃檯。紙條是致某位先生，內容大致是這兩位是我認識的臺灣人請多關照這樣的招呼。

我們入住時，把便箋交給櫃檯，接待小姐說很不巧這位先生當天休假。我們對這件事不以為意，不料晚餐時，服務人員就來問要喝什麼酒？或者其他飲料？她說是招待，顯然休假的那位先生已經知道了便箋的內容。

在海上飯店訂的是一泊二食的食宿組合，晚餐已經很豐盛，未料最後又端來一盤招待的「塩釜燒」（裹一層厚鹽燒烤的魚）。我用木槌敲開鹽塊，尚未畢現的赤鯛，已讓初老在即的我們不覺嘆氣。不能辜負美意啊，努力再舉箸，我們勉強吃下半尾。

第二天，我們依計畫去平戶城，幾處佛寺教堂，又搭巴士到比較遠的地方看紐差教堂，那是申請世界文化遺產中的長崎教堂群之一。中午稍後，離開平戶，繼續我們未竟的旅程。

旅行回來，我寫信謝謝黑崎先生的照應並附上與他的合照。不久，竟接獲他回贈大開本精裝的寫真圖說《日本海軍航空隊》。那是一九七〇年講談社出版的名書，我多次在其他書的索引或注釋上看過它。不知是保存多年還是新入手，近四十年歷史的書，除了書盒略微破損，全書基本完好。八十八歲的黑崎先生想將這樣的書送給一位萍水相逢卻認識那個特別年代認識他們身分的人（即使是來自異國）的心情，我或許可以揣摩而了解。

我與黑崎先生維持著一年一度的新年問候和間或寄贈茶葉等小小禮物的往來，

直到有一年我寄出的信未收到回覆。

上個世代歷經戰爭的人們，在我年輕的時候並不少見，常常他們就在你身近之處，或許是你的老師，或許村子裡小店的老人，或許與你擦身而過賣大餅饅頭的小販……初入報社時也因工作訪問過一、二位。現在，當然多凋零了。黑崎先生於我的意義，當然是親身遇見了來過臺灣的日本飛行員，另外，即使是十幾年前的當下，我都不禁感嘆，時光從不留情，戰後都六十多年了啊。

我對黑崎先生所知並不太多。除了那個偶遇的不太長的談天，而人生相對又是那麼長，我們無從輕易了解一個人，通常許多事也不宜唐突詢問。

長途巴士起終站的平戶棧橋、觀光資料館以及海上飯店，都在一個小範圍內。我們即將離開平戶時，很短的時光裡我曾想到再走一小段路，拐個彎，不需幾分鐘就可以抵達觀光資料館了。

我畢竟沒那樣做。我與黑崎先生最好的交談時光就是那個邂逅的流暢下午，我們兩人分別倚著櫃檯內外緩慢地談著話，有點冷冽的空氣裡，穿過層雲的冬日陽光從窗戶和門口那裡灑進來……一過去，就是永遠了。

一期一會啊。

輯四

誰為《美人圖》作序

小說家王禎和（一九四〇～一九九〇）大學畢業服完預官役後，一九六五年初秋回到母校花蓮中學教英語。他的課多在初中部，只在高二教一班，我在那個班上。

算是我們那屆嗜讀小說的少數幾個人之一的我，卻從未聽說過《現代文學》，當然也沒聽說過王禎和的名字。

每堂課，王老師總以那招牌式的微笑走進教室，還未放下手上的課本呢，坐在前頭的同學便紛紛問起他哪個作家怎麼樣？哪本小說又是怎麼樣？我記得有人問過當時很紅的司馬中原的《狂風沙》如何？回答是：喔，現代武俠。問完小說還問電影，老師老師，《花落鶯啼春》好不好看？好看，老師微笑點頭……繼續這樣下去課就沒辦法上了，王老師不再回答，保持微笑，翻開英語課本。

不是用功的學生，上課內容我都不記得了（隔了半世紀，我猜好學生也不會記得），唯一記得的是「北大西洋公約組織」的縮寫NATO，王老師說有人諧謔成**Not act, talk only.** 光說不練。

王禎和不是愛說題外話的老師，很少數的「吐露」裡，感覺得到除了文學，他是熱愛電影的。他說最想拍的電影是「乞丐與藝妲」的故事，另一個想拍的是「我的歌我的夢」。

十多年以後，王老師已經在電視公司工作多年了，在一次見面裡，曾經和他聊起這件事，王老師微笑否認了。後來，我在買到的晨鐘版短篇小說集《寂寞紅》的版權頁上看到這本集子的英文資料，書名是：MY SONG, MY DREAM。我的歌我的夢，我想，那曾經是他放在心上的一個什麼吧。

年少的時候，對於長輩、老師習慣保持距離，王老師教我們時，我坐在教室後面幾排，從未與他互動過。住在王老師家附近的同學老唐倒是大方的拜訪過他家。我不知道老唐從老師家借過幾本書出來，他拿給我的其中一本是《現代小說選》（後來知道是《現代文學》的叢書第一種），選集裡有王老師的〈鬼・北風・人〉，當然又順勢看了其他人的作品；老唐讓我帶回家看的是《張愛玲短篇小說集》，那是我的第一本張愛玲。早期的書籍裝訂多用「平口釘」，（想像成大型的釘書針吧），那本《張愛玲短篇小說集》也是。或許是出版的年分已久，釘子已然鏽蝕，看完後書頁竟脫落了，我只好找來銅線，用鐵鉗做兩個ㄇ字型，循原來的釘口敲進去取代。

一九九〇年代，王禎和過世後幾年，作家張大春主持的一個電視讀書節目做一個王禎和專題，要我去說幾句話。我到了節目出外景的地方，大約是和平西路二段泉州街那一帶的巷弄，原來王老師的家在那裡，他們正在屋內取景，我沿著公寓樓梯走進去，趁拍攝人員工作的空檔，瀏覽了幾分鐘書架，看到多本張愛玲的著作排在一起，《張愛玲短篇小說集》也在其中，我抽出那本書，是完好的皇冠版，不是我手拙修補的那本。

我只上過王禎和的英語課一學期，因為我們每學期都以數學成績重新編班，我換了新班換了老師。王老師好像也沒在花蓮待太久，很快就未在校園看到他的身影。再見到他是近十年之後我的研究生時期，那時他已經寫出〈嫁妝一牛車〉和其他多篇膾炙人口的小說。服完兵役後我因為在媒體和文化界工作，有機會遇到他，也多次到他工作的電視公司找過他。最後一次見到王老師是因為我當時工作的出版公司出版了王德威教授的評論集《從劉鶚到王禎和》，我問王德威見過他這位臺大外文系的大學長王禎和嗎？說是未曾，便由花中學長作家劉春城和我安排並陪同兩王見面，當時王禎和已因鼻咽癌不方便言語，兩王以筆代言，仍然相談甚歡。

一九八一年，王禎和第一篇長篇小說《美人圖》的第一章在《中國時報‧人間副刊》連載，卻遭人控告誹謗而出庭應訊。那年四月十六日《中國時報》第三版有一則報導，標題是「小說『美人圖』引起官司失業青年自比主角控告作者涉嫌誹謗……」，新聞提到郭姓青年指稱小說的情節影射他，王禎和則指出：「他與郭姓青年素未謀面，自不可能塑造影射他的角色，『美人圖』中的『小郭』，任職於旅行社，身高一七五公分，貌帥近似劉文正，背景、外形與郭姓青年亦不相似；小說中的角色情節更屬虛構，……」偵訊歷時約二十分鐘，新聞還提到郭姓青年同時還要控告好幾個電視節目云云，新聞最後說：「文藝界人士關心王禎和的小說誹謗官司，昨日下午到地檢處探望他的有陳映真、尉天驄、曾祥鐸等人。」

這個偵查庭開庭時我也去了。當時我在《中國時報》同報系的《工商時報》副刊組工作，主任是詹宏志，他還約了一位在工商副刊寫專欄的年輕律師一起去，以便為王禎和提供必要的法律協助。

這個案子最後經臺北地方法院檢察處檢察官以不起訴終結。同年秋天王禎和繼續寫畢第二章，完成全書，旋即在第二年一月出版。這本洪範書店出版的《美人圖》很特別，一篇林清玄寫的訪問稿當附錄放在後面，正文前沒有作者序，也沒有他序，直接放《中國時報》那篇新聞。新聞以慣例的「本報訊」開頭，並未署名。

我還記得那個傍晚從博愛司法院區回來之後，詹宏志在工商副刊辦公室伏案寫下這篇新聞稿，由我帶到《中國時報》編輯部採訪主任桌上的情景。

這樣可以說是詹宏志為王禎和的《美人圖》作序嗎？

注：不知道第幾版以後，洪範書店把一篇書評當《美人圖》的序，原來那篇新聞挪到正文後面當作一篇附錄了。

與鄭清文先生的二三事

1

「我想在沒有宗教的國度裡，尋找一點心靈上的依憑，卻意外的發現到一些在外表上看來很簡單的道理，含有深遠的意義。我相信，在宗教以外，應該還有信仰；沒有迷信，而仍有信仰，便是宗教。

「如果在將來，在沒有宗教的世界裡，人的心靈仍然有救濟的辦法，那很可能就是人透過自我尋索，完成自己，而獲得人和人之間的和諧。那時，人將不再孤

寂。」——鄭清文〈尋找自己，尋找人生〉

2

寫作超過半世紀，鄭清文文學耕耘的時間是這麼長，而面向又從農村、舊鎮到大都市，我們此時看來，他的大量作品和臺灣這數十年的社會變遷，便有了一個若合符節的對應關係，這或許是無意卻又是必然的貢獻。鄭清文小說風格，包含文字的簡潔（卻又講求細節）和敘事的內斂，冰山理論的實踐者等等，評家多有論及。鄭氏小說的讀者多半熟知他常淡化情節，而在他含蓄的字裡行間追索它的深意。但如此敘述風格除了內心衝突之外，並不意味他的小說缺乏外在的戲劇性情節。

〈結〉的末尾，女主人翁試圖以漸次的身體接觸甚至於裸身來解開男主人翁的心結；在〈髮〉中，深情的貧賤夫妻，丈夫處理屢屢行竊不改的妻子，使出「斬頭斷髮」的手段，在在令人吃驚。其實，鄭氏小說裡有不少情境設定就很有力道，像

〈秋夜〉，三十八歲守寡的婆婆，要求每個媳婦到了三十八歲就得與丈夫分床，且嚴厲監視……

小說家自有他寫作上的常與變。

3

與鄭清文先生相識，緣於出版的關係。從一九八五年到二〇〇三年，我先後在四家出版社工作，都有幸編輯出版到鄭先生的小說作品：《大火》（一九八六，時報），《滄桑舊鎮》（一九八七，時報），《春雨》（一九九一，遠流），《相思子花》（一九九二，麥田），《鄭清文短篇小說選》（一九九九，麥田），《舊金山——一九七二》（二〇〇三，一方）。鄭先生的小說創作以短篇為主，長篇一共只有三部，我編的第一本《大火》和最後一本《舊金山——一九七二》竟都是他的長篇。（鄭清文最早的長篇《峽地》一九七〇年由臺灣省新聞處印行，一九八八年由九歌出版社重出。）

鄭先生的稿件交給我們時，長篇以外，他都未選定書名，編輯第一本短篇小說集時，考慮到如何向讀者介紹這本書，便取了一個總括性的《滄桑舊鎮》，雖然前有爾雅《現代英雄》（後又改為《龐大的影子》）的例子，但回顧過去其他各家出版社都在集裡選一篇作書名，我們後來便也採取同樣方式。鄭先生是謙和的，每回都同意我們挑選的書名。

初進出版界，我在時報公司的同事李金蓮也是鄭清文小說的愛讀者。去年她出版長篇小說《浮水錄》時，我在一篇文章回憶我們共事的時光時寫道：「某一個黃昏，在抽風機轟然作響的地下室，我們『文學二人組』伏案撰寫向吳三連文藝獎推薦小說家鄭清文的理由。」鄭先生遠行之後，金蓮在臉書引用了這句話，並且說：「那一年，鄭清文先生獲得了吳三連獎，我感覺自己終於成為一名服務文學的人。」贈獎典禮我們都參加了，我依然記得鄭先生在臺上的發言大要：這個獎固然榮耀了我們，但我們創作者的成績也會榮耀這個獎。

誠哉斯言。

與鄭先生在出版上的合作，比較大的計畫應數「鄭清文短篇小說全集」（一九九八，麥田）。我們向鄭先生提出這企畫時，只稍稍對「全集」的概念交換意見，取得共識，便啟動了。我請林秀梅（現任麥田副總編輯）執行這個計畫。各時期的小說由鄭先生親選，最後決定了六十八篇。

全集作品六冊，大致進行了兩年。我和王德威教授（麥田的顧問）商討出六位作家或評論家李喬、王德威、陳芳明、梅家玲、許素蘭與李瑞騰，分別為每一冊撰寫評介，同時邀請推動鄭清文小說到英語世界不遺餘力的齊邦媛教授撰寫總序。全集的第七冊是別卷《鄭清文和他的文學》，收照片、評論選錄、作者的文學短論和雜憶、寫作年表等等，這一冊基本上是許素蘭女士編出來的。

4

和鄭先生見面談話是愉快的經驗。

鄭先生退休前的十幾年間，我們幾乎都是約在他所服務的銀行見面。中午，我準時從停車場邊的大門進到電梯間，通常就看到笑嘻嘻的鄭先生在那裡等我了。只有一次，我搭電梯上去，進到他們的大辦公室，中午休息時間罷，感覺那裡好熱鬧，打破了我先前對銀行內部的既有印象。

好像沒有例外，鄭先生都請我在名為「添財」的日式料理店吃蓋飯，或者握壽司，然後去喝咖啡，咖啡店倒是每次都不同家。

鄭先生是我寫作上的大前輩，但第一回見面的拘謹很快就在他平易近人的談話中化解了。通常去見他都是有點工作上的正事：前不久在哪裡讀到鄭先生的新作，後面還有什麼計畫，可以結集了嗎？嗯，我又轉換到另一家出版社去了，一樣還是做文學系列，請鄭先生繼續支持……有時候只是編校上的流程，想起許久未見，便決定自己跑一趟。

正事通常很快就說完，談天比較更像見面重點。談文學，談正在醞釀的小說，有時候我會提出他的某篇小說，然後聽到他說到主人翁的原型，以及故事是怎麼來的……更多的時候他會談及最近讀的日文書內容，印象中都不是小說，文化觀念的書居多。

我們當然不會聊銀行的事，他太專業，我太外行。只有一次我問他：「鄭先生，你主持外匯部門的工作，匯率的變化這麼快，出入的數字這麼大，你不會經常處在緊張狀態裡嗎？」鄭先生微笑回答：「不會。我們有因應的機制和規則。」

想像一下，一個人日復一日年復一年在同一家銀行上班四十幾年，回家就在他的書房裡或閱讀或寫作，而且他的小說從不寫銀行裡的工作。這樣截然不同的生活樣態，感覺好像在諜報電影裡才看得到吧。

5

離開出版界後，與鄭先生見面的機會就少了。一回在他家附近的街上，兩回在文學相關的評選會上不期而遇，再有一次是在鄭先生女公子谷苑撰寫的《走出峽地：鄭清文的人生故事》發表會上。鄭先生八十歲生日和小說集《青椒苗》發表會那次，我湊巧出國錯過了，但幾個月後，因為我們同時獲得書展大獎而在文化部的發表記者會上見了面。大概太高興，雖然回程還共同搭了一段車，竟忘了問鄭先生，《青椒苗》〈大和撫子〉裡頭有個腳色為什麼要叫與日本昭和時代的大明星鶴田浩二同樣的名子？會不會只是好玩，一位小說家的純粹童心？別忘了鄭先生也創作童話故事呢（鄭清文的兒童文學作品多由玉山社出版）。

這小小的問題只能自問自答，再也無法從鄭先生身上得到答案了，幸而，鄭先生留下許多精采的小說和其他文字組成的豐富文學世界，值得我們一再閱讀。

我所認識的王宣一

1

王宣一和我在一九八〇年一月同時進《中國時報．人間副刊》工作，與我們同一天報到的是已經成名的小說／散文作家季季。當時的副刊同事中，擔任文字編輯的還有詩人羅智成、未來的小說家張大春等人。我們那時，受報導文學影響罷，也服膺現在網路上常說的「有圖有真相」，常在隨身書包裡帶一臺單眼相機，以備充當「現場的見證者」。現實裡使用機會少，慢慢就有人放下了，宣一和大春後來到

《時報周刊》當採訪編輯或撰述，仍然帶著。宣一還跟從攝影家王信學習，算是朋友中最常拍照的，在她辭職回家專任主婦若干年後才卸下隨身攜帶相機的習慣。他們家經常有文化界朋友出入，多是找她先生詹宏志的，宣一偶會以相機留下若干珍貴影像。我抽屜裡存有的許多藝文界人士照片，都還可以從記憶中理出是宣一快門下的魂靈。

提起影像，一九八〇年我們一些朋友常在報社下班後到新婚的宏志宣一家觀賞在臺灣剛起步的家用錄影帶。我們補看或重看哪些赫赫有名的作品，記得在他們家看過的名片有庫柏力克的《二〇〇一太空漫遊》、柯波拉的《教父》、《教父續集》等等。第二年，宣一就在《工商時報》的影視娛樂版開了一個「錄影帶消息」的專欄。當時錄影帶仍是地下拷貝時期，出租店的影帶往往是生產者任意取名。宣一當時有位朋友經營一家錄影帶店，她便每週到朋友那兒，收集新到的影帶資料，根據原片名將之正名為原來戲院放映的中譯名或未曾在臺放映而一般在電影文章上習用的片名，再做重點介紹。專欄沙裡淘金，替讀者理出許多名片與影史上的經典電影，在網路搜尋還很遙遠的那個時代成為重要的租片指南。王宣一的「錄影帶消息」應該是臺灣媒體上第一個關於錄影帶的專欄。

2

回想我所認識的王宣一時，發覺她其實已經多次具名或不具名地出現在我這些年所發表的散文裡面了。有一本散文集的後記提到八〇年代我跟宣一宏志開車到臺南考察小型咖啡館的運作，因為「麥田唱片行」要擴大營業增加咖啡部門；有一篇敘述了宣一開車載宏志和我，三個人到宜蘭的鄉下探訪一位年輕小說家；還有我寫關於在海外開車的經驗，其中有一段是我們兩家人同遊日本北海道，宣一和我輪流開車的往事……

宣一和宏志熱愛旅行，島內和海外，許多他們家的朋友都有與他們同行的經驗。

一九八〇之後的二十多年，我們所認識的宣一，在工作、家庭育兒與創作之間，做了許多很具意義的事，接著她的生活來到了《國宴與家宴》。

世紀之初，宣一應報紙副刊之邀，寫了篇〈國宴與家宴〉，受到讀者廣泛的注目與回響，未幾，她續寫了幾篇並若干菜譜，出版了《國宴與家宴》。此書一出，開啟了她往後十年的美食顧問與美食書寫時光。

宣一與她的夫婿宏志是小孟嘗，出入他們家的朋友很多，多半有在他們家吃飯的經驗。九〇年代，我們幾個朋友曾經一起在他們家學習日語達六、七年之久，每星期上課前老師學生固定都在他們家吃晚飯，超過三百餐吧，宣一都扎實料理，吃得很正式。

宣一懂吃，還能做菜，因為出版了《國宴與家宴》，受邀撰寫美食專欄和擔任顧問，這應該不會太讓人意外，她原來就有品味與實踐的底子。

江浙菜是宣一食識廚藝的原點，因此從《國宴與家宴》可一窺江浙美食的門道。廚藝之外，也有著與做菜相似的生活哲學，譬如：「她（母親）的做菜觀念永遠是《紅樓夢》的茄子，一口吃下去，所有的功力不言而喻，那才是真正的好東西。」

她書寫的初衷原為留下一個光陰的故事，則是這本書內在的光芒。《國宴與家宴》見證了曾經的美好生活和它背後的故事，同時也見證一個逝去的時代。走過那個時代的我們讀來不免有幾絲的惆悵，然而宣一完全無意於傷懷的筆觸。她寫豁達的母親，以及環繞在母親身邊的許多物事與人情，特別是那一場場的餐宴，情真意切。

3

《國宴與家宴》十幾年間先後由編輯人葉美瑤出版兩次（時報版與新經典版）。

美食的實踐與書寫獲得了熱烈迴響，但她在《國宴與家宴》的自序裡有這麼一段話：「美食或是說廚藝和寫作，同樣都是藝術都是創作，但是美食容易得到掌聲、得到人氣，寫作要尋找知音、得到認同卻孤獨得多。」

宣一顯然是有感而發。《國宴與家宴》之前，她是小說家啊。

與宣一當同事的時候，我只知道她以前寫詩，往後多年，她在《時報周刊》寫採訪稿，但並未看到她的創作。這其實還算常態，不少文學青年都是如此，我自己不就是投身在編輯工作，或者因此有了藉口，漸漸放棄了曾經的小說寫作？

我以為宣一也是這樣的，直到她在八〇年代末以短篇〈叢林遊戲〉獲得「聯合報小說獎」第二名，開始了往後的小說寫作。

八〇年代末到世紀末，十幾年的創作，王宣一出版了兩本短篇小說集和三部長篇小說：

《旅行》（短篇集，一九九一，遠流）
《少年之城》（長篇，一九九三，麥田）
《懺情錄》（長篇，一九九五，皇冠）
《蜘蛛之夜》（短篇集，一九九八，麥田）
《天色猶昏，島國之雨》（長篇，二〇〇〇，麥田）

4

王宣一的小說常處理都市裡的人際關係，而這關係多半是表面的淡漠，內心的壓抑，而當情感或慾望流瀉出來時，常帶有輕微的喜感，像她出道的獲獎之作〈叢林感覺〉以及稍後的〈狗日午后〉。

她比較落力刻劃的都市男女關係當數長篇《懺情錄》。這部小說裡的人物缺乏足夠的決心與行動力，一如吾輩凡夫俗子，總是向舊習妥協。《懺情錄》的「我」，到紐約在職進修，遇到前女友，其實只應是異鄉互相取暖，他們在臺北一起生活過，因為性格上的缺點彼此了解，已經沒有未來了。結果是在適當的環境下，如培養皿裡的菌種般活動起來。「它塑造我們在邊緣探險，它不讓我們逃過現時期互相的慰藉與需索，對於面前的陷阱，自願沉淪，沒有救贖。」

小說終了，「我」無能拯救自己或任何人，新的愛情又失去了，只能繼續替舊愛養貓，這懺情的男人，看來還得繼續懺情。

並非只是愛情男女，在短篇集裡，還有不同的都市傳奇，其中，〈凝視的年代〉和〈花果山會議〉提示了兩個殊異的社會階層風景。〈凝視的年代〉寫一個已經馴於日復一日平淡生活的基層警員，年少的夢想不再，日日苦民所苦，瑣事煩身，卻長期資助一個貧弱家庭，但作者波瀾不驚的敘述了這樣模範般警員的常態工作之一是向商家收取「節敬」，他無法自外於既存的共犯結構。〈花果山會議〉敘述一個亞洲五個分公司的年度會議，各地區的行政代表或是舊識，或是新知，在風景明媚的度假旅館，夜裡聚餐喝酒敘舊打趣，然後白天在會議桌上以英文開口，大家「都用那麼文雅的、斯文的語彙明爭暗鬥」。而美國總公司來的老闆呢，不管怎麼打趣友善，其實並不跟他們平行的，「當那些跨國企業利用這些代理商確立管道，站穩腳步，不是一腳踢開他們便是以強勢併吞」。他們這些人的命運，「積極、拚命，耗上整個人生」，都是沒有用的。

5

旅行是宣一他們家生活裡重要的部分，這樣的經驗使得宣一勤以旅行入小說。不管是從事貿易或其他時髦的行業，小說裡的角色，在浪遊的生活之後，主動或被動，覺得該改變了，於是旅行。在換了地方的行旅之後，像是儀式，又彷如經過一番洗禮，他或她定下心來，在幾番轉折之後，歸於平靜。最明顯的是《少年之城》，整部小說是轉了臺灣一周的心靈洗滌之旅，其他的例子還有《懺情錄》、〈永恆之湖〉等。至於名叫〈旅行〉的那個短篇，年輕同事不斷從海外一站站寄來的明信片，是陷於生活慣性的中年主角的自由或青春的慾望投射罷了，實際上反而是「不旅行」。這種「旅行」與「不旅行」的辯證，頗值得玩味。

一樣從愛情展開，王宣一最後一部小說《天色猶昏，島國之雨》卻完全不同於她過去筆下的怨男怨女。這部小長篇以遷臺第二代女主人翁「她」的視角展開，有著作者慣有冷靜敘述的特質，卻多了溫暖的筆觸。她因為婚姻裂痕，去美國一段時間改變心情，遇到一位名列黑名單的革命家盧，與這位拋妻棄子全心奉獻於島國民主的革命家開始了一段委婉的愛情。因為婚姻未了，女主人翁不得不回臺灣處理，與盧失聯許久的她後來又有了新的婚姻新的幸福家庭，然後，政治情勢改變，革命家回來臺灣了。

小說於愛情和政治都有著墨。對政治相對疏遠的女主人翁在新的婚姻裡生了小孩後，她想到盧當初放棄孩子的事，「體驗一份生命的成長，是多美好的感覺，他怎麼輕易的就錯過了，革命事業的魅力真的那麼無遠弗屆？超過愛情？超過親情？懷抱著孩子，她慶幸自己選了另一種生活……」而革命家的身分是會折舊的，盧在紐約時，圈子裡的人到了那兒都像朝聖似的去看他，如同領了一張證書，成為一種資歷，當他回來，象徵意義就消失了。

被遺忘的盧於是面臨到病痛的最後時光。是她跳出來陪伴他最後的一段日子，她帶自己的孩子來看他，讓孩子成為他的朋友，撫慰他的心靈，她像老朋友般與他談起他從前的想法，他做為一個人的情感……

小說的結尾，對政治這個議題而言，是非常理想主義的，或者說這種理想主義原不存在於政治這個圈子，只有在常民生活裡才能夠帶來十分溫暖的歸宿？

作者透過女性視點的側寫，最終完成了政治題材的一方天地。愛情與革命的失落與再生，是《天色猶昏，島國之雨》動人的地方，無疑，這也是王宣一最成功的一部小說。

6

王宣一開始寫小說時，我已經轉到出版界工作了，是的，我是她五本小說中四本小說的編輯（《懺情錄》除外），宣一在《國宴與家宴》自序裡提到的「小說的孤獨」，我是有責任的。

在我往昔的一本工作札記簿裡，麥田出版社草創的一九九二年某一天，我記下了前此與作家朋友約稿之後，比較具體的結果。有一則是「王宣一：一個不斷移動的人」，顯然是宣一相挺，答應我要寫的主題。她可能構思好了，也或者已經開筆，一年之後，宣一完成了小長篇《少年之城》。

大約是二〇〇〇年底，我讀完《天色猶昏，島國之雨》書稿後，宣一問我知不知道小說裡的原型人物是誰？我回答說我知道。

……

宣一小說背後的故事不算多，所有的好故事都在她的小說裡。

宣一於二〇一五年遽逝於義大利旅次，間隔一年罷，她的先生宏志終於在她的電腦裡找到了她「剛剛」完成的長篇小說書稿。聽起來這部新小說和它背後的故事都讓人十分期待。

小說容或孤獨，但它總是守候著人世的悲歡。

遇見《心鎖》

1

一直以來，我覺得郭良蕙（一九二六～二〇一三）是被許多文學愛好者錯過的小說家。

提起郭良蕙，相信知道的人必定會聯想到她那本遭禁的名作《心鎖》。如果有人只讀過一本郭良蕙，我猜有很高的比例會是《心鎖》，而這可能是目前已經中高年齡層讀者的樣態，不知現在的年輕讀者讀過《心鎖》的有多少？

《心鎖》是郭良蕙一九六二年在報刊連載而於一九六三年初出版的作品，是關於愛情與性，或者愛情與報復的小說。由於它的故事展開後，牽涉到亂倫情節以及性愛的描寫，引起論戰。作者郭良蕙遭受中國文藝協會、中國青年寫作協會以及中國婦女寫作協會開除會籍，並在他們聯名主張的壓力下，《心鎖》遭到官方全面而長期的查禁（一九六二～一九八八）。

我們現在看來，這真是奇怪的事，上述那三個團體不是原應支持並聲援她的嗎？所幸這並非西方中世紀教會的「破門律」，郭良蕙繼續寫作，以更多的作品證明自己。這之間和之後雖然還有來自閱讀社群和學院對作者和《心鎖》的支持與肯定，但主流文壇與這位作家似乎是相互疏離了。

2

《心鎖》之前，我已經讀過郭良蕙的作品。我最早讀到的是一篇短篇小說，如果沒記錯，它是收在婦女寫作協會編選出版名為《海燕集》的集子裡。小說的篇名我已不復記憶，情節的梗概倒還記得，寫一位赴約的年輕人小李，一路上甜蜜的回味約會了幾次的女友多麼文靜優雅，東西吃得很少，這年頭吃得少是美德，……他是到女友宿舍去接她的，到得太早了，便直接進去。結尾的場景是，他從半掩的門後看到昏黃夕照下，臘黃臉孔的女友正大口的吞嚥食物……。

稍後，又讀了長篇《琲琲的故事》、《青草青青》。我閱讀的主要來源通常是學校的圖書館，《海燕集》是圖書館借的，然而另外兩本卻不是，《琲琲的故事》是用交換券到指定的書店換來的；至於《青草青青》（記得當時書名叫《青青草》）則是分幾次在書店站著看完。

我們那時候已經知道郭良蕙有一本《心鎖》被禁，但不能確知圖書館借不到她的其他作品和這件事有沒有關係。

現在我們要是真想看哪一本禁書（主要是中國的），還可以拜託朋友、想想辦法。然而在那個時候，在那個小地方，我們滿認命的，一本被查禁的書，那大概就沒機會看到了罷。沒想到才兩、三年，在高一的寒假就遇上了。

我是在租書店遇到《心鎖》的，不太敢相信，卻是真的。二話不說，立刻租回家。可以想見那又是一個五燭光燈泡點到深夜的晚上。

讀《心鎖》的心得如何呢？回想起來大概是：「動人魂魄，血脈賁張。」很多年以後，與我同代的朋友洪告訴我說，他父親從綠島回來，找不到工作，有一段時期就經營了一家租書店維生。「我們是把《心鎖》當黃色小說處理的。」他說。

在我偶爾出入租書店的六〇年代中後期，小租書店只租武俠小說，大一點的租書店才會有武俠以外的黑社會或諜報小說（費蒙、鄒郎等的著作），言情小說。文藝小說比較少，但郭良蕙的小說卻是個奇異的風景，它們往往占了一整排或兩排書架，看起來不似文藝小說，但又的確是。現在想來，郭良蕙的小說一定是受歡迎的，才能在租書店生存。

3

租書店遇到《心鎖》之後二十年，我又遇見了《心鎖》。

一九八五年進入出版界幾個月的某一天，我們總經理要我和他一起去見郭良蕙女士。他剛談妥了時報出版公司重新出版郭良蕙作品的計畫，後續的編輯工作就交給我。

這樣的因緣，在郭良蕙位於東區的文物雜誌社辦公室裡，我見到了少年時候的「偶像」。一如照片上看到的，她戴著大大的淺色太陽眼鏡；說話明快俐落，如同她小說裡的對白。

我和同事 Lotus 開始了「郭良蕙作品集」的編輯作業，也密集閱讀那些讀過和尚未讀過的小說。

郭良蕙的小說，除了故事動人以外，還有兩個重要的特點。首先是她寬闊的視野：她的心胸與見識從傳統的男性社會到現代社會，橫跨的時空非常廣闊。其次是她對變遷社會中的愛情描寫的能力：她不僅能描寫女性的微妙心理，更特出的是她對男性主義的心理刻劃十分細膩。

郭良蕙特別為時報版的作品集寫了一篇短短兩頁的自序，有一段應是她寫作的核心，對生命的看法：

「太多人生活在悲苦中，外在和內在，除了與生俱來的問題，還有由自己製造的種種矛盾衝突。除去天真無邪的童年以及歸於平淡的暮年，性，一直不停在生命中作祟作梗，產生足以破壞和毀滅的力量。但是相反的，也可以稱為生命的原動力，人類之所以不斷創造、興建、繁衍，也就是來自性的激勵和鼓舞。藝術更包括在內。」

系列以小說為主體，於一九八六年六月先推出《青草青青》和《心鎖》兩部長篇。《心鎖》自然是大家的焦點，它仍是處於查禁之中，但是二十多年來，社會已有極大變化與開放，是該讓這本書回到陽光下的時候。

《心鎖》重又出版的消息在媒體上出現，引起了新聞局的「關切」。公司如何面對這個「關切」的詳情我並不十分明瞭，但似乎是朝低調處理的方式進行。幾天之後，總經理通知我們，已經上市的《心鎖》繼續販售，但售完為止，不能再版。

「郭良蕙作品集」仍然持續進行，後來又出版了《第三性》、《鄰家有女》……。

《心鎖》是兩年後的一九八八年解禁的，那時我已離開了時報出版公司。

4

然後又是二十年，我應邀為九歌出版社的「典藏小說」系列撰寫引言。二〇〇六年收入《心鎖》（九歌在二〇〇二年初即已重排推出這本書），我寫了一篇編輯引言〈穿越時空而不褪色的《心鎖》〉，其主體大致如下：

「今天重讀《心鎖》，即使已經距創作完成超過四十年，我們還是不得不對當時作者取材和情節安排的大膽突破禁忌感到欽佩。從作者其他的作品來觀察，會發現她致力題材的更新，一直都是走得很前端。《心鎖》寫作的前後，《琲琲的故事》寫在不知情下愛上生身父親的少女；《青草青青》寫青少年的種種，觸及到少男之間微妙的同性戀情結；後來的作品《第三性》則全面描寫女同性戀……把《心鎖》和上述諸作以及為數不少的兩性小說並列，雖然內容震撼，但不會感到突兀。

「題材之外，《心鎖》還充分具有好小說的其他種種質素。郭良蕙小說的魅力一向來自直指事物核心以及人性深處的直率，這樣的直率相對於小說人物的矯飾行為和對白往往產生諷刺的效果。郭良蕙的小說裡，鮮有虛無縹緲的浪漫場景，同時也少有正反分明的典型人物。對人物內心的深刻到位描寫是郭良蕙小說的另一個特點，《心鎖》裡對當時男女的愛情觀與性愛觀有充足的討論，主角夏丹琪於愛情／情慾和道德之間徬徨掙扎的心情描繪更是細膩。轉場調度俐落明快以及充滿機鋒的語言也是這部小說好看的地方。

「我深深覺得《心鎖》是臺灣小說中極具影響力的一部，穿越時光而不褪色，從各方面來說都充滿了傳奇。從《心鎖》開始，或許是重新走入成果豐饒的郭良蕙小說世界的一個好契機。」

在遠流

一九八八年三月，我進入遠流出版公司，擔任副總編輯，執行文學部門的工作。已經創業十幾年的遠流當時正朝企業化前進，人員與部門都在擴充。我過去在報社和出版社工作時的兩位上司詹宏志與周浩正分別擔任總經理和總編輯，他們與發行人王榮文固定每週二在咖啡店開早餐會報已有多時，我到差之後，隨即加入這個會報。會報有時是具體的工作方針、專案的報告，有時是訊息的解讀，或者觀念與策略的闡釋。我很慶幸能經常從三位思路開闊實作豐富的出版人那裡獲得啟發。（翌年蘇拾平來社，加入會報。）

「小說館」與氣勢壯觀的文學廣告

到遠流展開的第一件工作是主編「小說館」。

遠流過去曾經出過文學書，大暢銷的吳祥輝成名作《拒絕聯考的小子》許多人應該都還有印象，只是它做為一本小說的分類被「拒絕聯考」這個社會議題掩蓋了。通常一個文學出版社的文學系列是把中文創作都歸在一起，範圍廣大。遠流只做小說這件事在我上班前公司就已經決定，連「小說館」這名稱都有了，還有一本在中國拍了電影很具知名度的《芙蓉鎮》原著小說正在報紙副刊連載。我的工作雖說限縮在小說這個文類，但已足夠寬廣。

「小說館」的起手式要慎重點，所以我們稍作等待，讓那幾年寫作成績普受肯定而讀者也開始認識他的青年作家的新作寫齊了再登場，那是張大春的《四喜憂國》。

開新系列，遠流的企畫行銷很著力，《四喜憂國》反應很好，古華的《芙蓉鎮》緊接在後，排二號，暢銷早已預期。「小說館」有個好的開始。

接下來就是編文學書都會遇到的問題，成名的作家人人都在爭取，而作品有限。「小說館」試著多方嘗試：名作重出有小野《蛹之生》、《試管蜘蛛》……，吳念真《特別的一天》，吳祥輝《拒絕聯考的小子》，保真《森林三部曲》等。當時遠流還有一個謝材俊主編的文學創作系列「三三叢書」，也商請支援，在「小說館」出版了朱西甯、朱天文與朱天心的作品《春城無處不飛花》、《朱天文電影小說選》與《我記得》（新作）。

除了出版前輩小說家鄭清文（《春雨》）之外，「小說館」出版了相當多青年作家的作品，除了前述作家，還有林宜澐、李潼、楊照、張國立、林蒼鬱、陳祖彥、王宣一、郭箏、馮青、陳燁、羊恕、吳淡如、詹美涓、葉姿麟、梁寒衣等，包含幾位作家的第一本小說。臺灣作家以外，也出了馬華作家商晚筠和張貴興的作品，中國新人作品則有余華《十八歲出門遠行》，蘇童《妻妾成群》（電影《大紅燈籠高高掛》原作），葉兆言《夜泊秦淮》等。

「小說館」也出版了幾本小說評論，王德威《眾聲喧嘩》、《閱讀當代小說》，詹宏志《閱讀的反叛》，黃子平《倖存者的文學》等。

遠流曾經在那時期租下羅斯福路二段一棟大樓的側牆做廣告，第一檔選了「小說館」的兩本新書：張大春的《大說謊家》和小野的《無地海星》。兩幅近十層樓高的廣告並排垂下，十分壯觀，氣勢很大，是文學界少見的手筆與話題。

簽了三年多的金庸武俠再版印製單

「小說館」之外，文學部門還編輯「小說歷史」。這系列其實就是日本的歷史小說，總編輯周先生已經做完並出版了山岡莊八的巨作《德川家康》，我到遠流以後繼續做日本戰國時代的人物，豐臣秀吉、織田信長、武田信玄、上杉謙信和伊達政宗等，做得差不多了再開始日本另一個波瀾壯闊的時代，幕末。大部頭之外，「小說歷史」也出版許多單冊作品，我印象最深的是井上靖著、林水福譯的《蒼狼》，那是小說體的成吉思汗傳。

之後，與林水福教授合作，開始推出日本現代小說，這系列是詹宏志訂的名稱「小說地圖」。

我們部門還有一個系列叫「本土與世界」，這包山包海的系列是我取的名字，可真正的主編卻是王榮文。那些位作者吳大猷、沈君山、戴國煇、李炯才（李光耀的建國同志）等都是王先生認識，書稿幾乎全是他約來的。

到遠流工作初期，有一天公司把「金庸作品集」歸到了文學部門。那時候「金庸作品集」已經編輯好，銷售好幾年了。平時行銷、發行都有相應部門負責，我們編輯室只管再版這件事（有人盯著讓它不斷貨就是了）。平時，我們會有一位編輯每星期（或長一點時間）到樓下資訊室去拿一張電腦跑出來的「金庸作品集」報表，根據庫存來看看需要再版哪些書。最常再版的當然是文庫本，平裝本自然也會不斷再版，頻率小一些。

少年時期我看了很多武俠小說，但沒聽說過金庸，我們小鎮小鄉也沒有改頭換面版的金庸武俠。研究生時代，朋友借我一部忘了書名和作者的武俠小說，說它就是金庸的《碧血劍》。那是我的第一本金庸。金庸武俠正式大舉來臺時，我已經開始工作了，沒把時間花在它上面，真沒想到有一天居然與這套書結緣。

簽了三年多的金庸武俠再版印製單，離開遠流時，才帶了《書劍恩仇錄》回家看。朋友說我看過的那兩部並非金庸最好看的作品，我當然是知道的。

乒乓熱和來踢館的高手

當時文學部門的同事，最多時達到四位。待的時間長短不一，其中有兩位後來工作了很長的時期。

趙曼如是我過去在雜誌社和出版社工作時的同事，她嫻熟電影評論與書寫，「電影館」由她擔綱。她在遠流的大約十年間，編輯出版了極具品質與數量的電影叢書，舉凡電影史、電影理論、評論、實作技術、商業與紀錄片、電影大師的作品與風格……，範疇廣大，臺灣的電影書籍出版，恐怕沒有一家能超越遠流「電影館」。

游奇惠不知是誰推薦還是自遞履歷來的，面談那天，企畫部門的主管涂玉雲聽說來了一位她的小學妹，便來旁聽。面談其實不拘形式，雖然才畢業，但已經有一、兩年半工半讀的出版社經驗，於是半開玩笑的問了一道算術題，她不假思索便回答了，接著聊了一會兒，問她會不會打乒乓球，當知道她使用刀板之後，立刻贏得我們的尊敬。游奇惠在遠流工作了二十多年，聽說二〇一五年才退休。

會問游奇惠打不打乒乓球，是因為我們正熱中於乒乓球運動。當時位於頂樓的遠流編輯部放了一檯乒乓球桌，上班時間可做為需要大面積的工作檯，譬如配圖作業或與外包美編討論封面設計圖稿的地方，下班之後便成為小球廝殺之處。因為參加者眾，多以雙打開始，幾輪之後方是單打，經常打得一身汗。王先生和詹先生都很熱心參與，還有清華大學的王秋桂教授也常來，他用的是刀板。

遠流的乒乓球熱或許傳開了，便偶有朋友來拜訪（我們說「踢館」啦）。最厲害的當數作家劉大任了，他那時還在聯合國做事，記得是連兩年休假時來的。他的水準應當是藝文界第一吧，是有高手教練指導過的那種等級。有一回還有他的同事夏先生同來，劉主攻，夏只站後回球，如此強力組合，我們的得分很難趨近。

戴國煇、曾志朗、黃恆正、三毛

遠流是出版界的一個大碼頭，我們常有機會遇見各路豪傑。剛剛提到王秋桂和劉大任，就再略述幾位在遠流見過的人士吧。

戴國煇教授有本關於二二八的書即將出版，原文是日文，由魏廷朝中譯，已完成三校，基本上已沒問題，但他約了我在一個星期日上午到遠流加班，就一些用字再確認。他會不憚其煩地解說某件事、某段文字、某句話的意思是怎樣怎樣，我就根據他的說法尋索可能的用字。不是這個，……也不是這個，……這個比較接近。有的找到了他滿意的用字，有的也還是原本的字眼最接近。不超過十處，花了半個早上時光。書出版後不久，逢戴教授在桃園埔心牧場宴請親友，席開多桌，遠流也去了幾個人。席間，戴教授起身致詞，順帶介紹臺北來的客人，他介紹王榮文是遠流社長，又用河洛話補充說「頭家啦」。稱呼我時說是他的「文工」，這兩個字還滿傳神的，只希望其他賓客不至誤會是文工會的。

有一年去東京，六個人由詹宏志領隊。入境成田機場後，買了聯絡機場與東京旅館間「利木津」巴士的票，還有時間，便在一間店坐下來喝咖啡。出境時，領隊在桃園機場買了預定送給戴國煇的兩瓶 Glenfiddich 威士忌，由我提著，結果遺留在咖啡店裡。沒送禮給戴教授，竟還讓他在旅館的 Lounge 招待了一杯酒。我真對不起他。那兩瓶威士忌的下文？有的，不難想像。我們在機場的失物招領處領了出來，帶回臺北，然後，有一天，把它喝掉了。

曾志朗教授當時在美國加州大學 Riverside 校區任教，他回臺灣演講或開會時會到遠流找王先生，也有幾回上來頂樓編輯部找我，想看看有什麼小說，他會說「王榮文教我找你」。曾教授是小說的愛讀者，他說習慣在睡前看小說，每次來問有什麼小說可看之外，也會告訴我最近看了哪些小說，印象裡他的閱讀範圍滿廣的。

黃恆正是一位日文譯者，與我工作的部門沒有直接的聯繫，我只有幾回在大編輯部遠遠的看到他在其他部門與主事編輯談話，然後很快就消失了，以至於現在回想的時刻，他的面貌於我都還是模糊的。有人告訴我，黃年輕時坐了許多年的政治牢，出來後只得以翻譯為生。一天下午，王先生突然召集了周、詹兩先生和我一起到馬偕醫院探視黃恆正，我才知道黃因病就將辭世。黃恆正過世之前或之後呢，我們稱她黃姊的他的遺孀，已經在遠流工作了，多年之後我還在書展的遠流攤位遇到充滿活力的她。

有一回談到「一人雜誌」，這在國外早有先例，臺灣也有「李敖千秋評論」。詹宏志說如果要做，最佳人選應是三毛，於是我們擬了計畫，某個下午王榮文、詹宏志和我在忠孝東路一個百貨公司的咖啡館與三毛見了面。三毛很開朗，也很健談，針對計畫相互發想，說這個可以這樣做，那個還可以怎麼做等等。大家談得很盡興愉快，但最後三毛說她沒辦法參與這件事。我們未能知悉確切的原因，這事也就不了了之。那是我僅有的一次見到三毛。

〔附錄〕

在記憶毀壞之前

——陳雨航談《時光電廠》

孫梓評

雖然書架上一直擺著與我年齡相近的《策馬入林》（一九七六），但《小鎮生活指南》（二〇一二）後我才正式成為陳雨航（一九四九～）的讀者；接著兩本散文集《日子的風景》（二〇一五）、《小村日和》（二〇一六），則讓我確認自己的粉絲身分。與我慣愛，編織縝密詩意的文字風格不同，這些成分樸實，明朗簡潔的敘述，憶寫或近或遠的生活小事，時空移動於花蓮，臺北或其他，像水面透明的海，偶爾漾起一絲慧黠的波紋，底層卻有另外的洋流。五年過去，以為會等到新一冊小說，竟然又是散文，「讀文字就是讀人」，散文更能印證這個說法。

那些逆旅微光的事

新作《時光電廠》，部分在航叔寫《聯合文學》專欄「逆旅微光」時讀過。單篇有單篇的效果。使我驚訝的是，當整本書重新分輯、逐篇而讀，關鍵字「時間」錚錚躍然紙上——從「記憶元年」開場，清水溪河谷臺地上的童年墨色如新。繼而是幻燈片般抽換的人生進行曲。接著，無論島內差旅、腦內空旅、或懷念冬日與陌生人的一場溫暖邂逅，質地分明卻又滋味雜揉。最後，前此未現的職場見聞錄，終於有了風景的局部。

「整本書可能有其缺陷未必能改變，但我會用自己的角度重讀，留意某些不能省略的事件，是否因單篇個別發表一再出現。」比如家裡養了二十幾隻羊的往昔，

「如果是長篇小說，重提一點點還算讀者服務，散文集我會盡量淡化重複感。」因此，編輯書稿，不只為每一篇安排適切位置，還包括琢磨比重，修繕細節，增筆或刪剔，還原或塗減，都在作者心中乒乓往返。有時替嚴肅的追憶補添幽默橋段，有時意猶未盡卻怕破壞文章結構而放棄挪改。書中誌人篇章，「每篇都還可以寫得稍長一點，但就算了，已經太長。」增刪的拿捏，亦包括，「本來四輯都取了名字，借四本書名，輯一是王宣一《少年之城》，輯二是詹宏志《人生一瞬》，輯三是劉克襄《旅次札記》，輯四是鄭清文《滄桑舊鎮》。」交書稿給出版社時，又把輯名都拿掉，「我覺得好玩，未必有什麼。」

花蓮舊事，在《小村日和》已有點描派畫作般一幀幀靜物與人物，《時光電廠》畫紙尺寸更大些，管教嚴格的工程師父親與忙於家庭瑣務的母親，亦是難以避免的主角。但看起來溫煦的航叔說，「我其實跟家裡關係不好，從小被打。因為我會頂嘴，我是家裡的壞小孩，年輕時常常離家出走。」在那普遍瞧不起文科生的年代，因雙親堅持，考了兩次甲組（理工）都落榜，已心灰喪志打算當兵，待役期間幫忙放羊，才到抵河邊山坡，竟看見媽媽跟大妹前來頂替他的工作，希望他回家念書。結果，父親返家午餐，發現他居然讓女眷放羊，自己待在家裡，不分青紅皂白抽起樹枝就打。「打得不嚴重，但感覺很受傷。畢竟不是自己的本意。那天正月十五元宵節，我假裝很早就睡覺，跳窗出門。去找同學借錢，打算搭晚上十二點五分的火車到臺東，再轉車投靠在美濃經營《徵信新聞報》的舅舅。結果，車子發車十分鐘前，我到車站，我爸已經等在那邊，最後把我載回去了。」

經此一役，母親與父親商量，得以不拘理工科選項，再次北上補習，人生終於導向自己想要的道途。「這些與父母親的衝突，在書裡，我幾乎是避免。」畢竟，「我來控訴我父親沒有意義嘛！我年紀這麼大了，有什麼好控訴的呢，而且那時代普遍如此，我不是特例。」反而，隨時間經過，愈感覺對父親所知甚少。因此，讀周婉窈《海行兮的年代》企圖了解失語的一代；旅行時特地拜訪山田洋次從滿洲返日時居住地山口縣宇部，「我父親在那邊讀高等工業學校，現在是山口大學工學院。」這些在逆旅中理解微光的過程，「變成一個挖掘」，有朝一日，或許會以小說呈現。

一個人的文藝春秋

也許是歷史系本色，航叔說起日期時都是分毫不差的，「一九八〇年一月一日，我進入人間副刊工作」，就此展開二十餘載職場生涯。在那之前，一九七〇年代則屬於大學，研究所，當兵，分發實習。我好奇，比如鴻鴻以《阿瓜日記》寫八〇年代文青養成，或張大春《我的老臺北》也部分觸及與航叔履歷相關的工作單位和昔日據點，航叔在媒體與出版界見證過那樣多閃閃發光的人與事，僅僅書中「一輯」應不能盡述，難道不考慮寫成一冊？

「譬如說這本書收錄的〈誰為《美人圖》作序〉，也有出版社總編輯讀了，詢問把此類主題寫成一整本的可能。我知道這會有人要看，我偶爾也可以寫，沒有要避開的意思。」只是，認為自己「沒有非寫誰不可」的航叔說，「下筆時怎樣拿捏是個難題，當然，我大概都會選擇『好』的方面去寫，但這樣會不會太『消費』我過去的作者了？」

又譬如，讀《再見楊德昌》訪問詹宏志，提及一九八三年「削蘋果事件」，使《兒子的大玩偶》免於挨剪的推手，「第一個說話的是楊士琪，但做整版的是（時任《中國時報》影劇版主編的）陳雨航，他也因此失去了報社的工作。」航叔對此淡淡表示，「我不是烈士，我本來就打算離開。」畢竟「年輕時覺得隨時可以走」，那瀟灑，像書中寫的，「就辭職吧。我還可以回家寫小說哩（不敢相信那時候真這樣說了啊）。」

又譬如，一九九二年麥田出版社成立，航叔既是股東，又任總編輯，「現在想起來，那時很像紈褲子弟。」除了因個人喜愛成立軍事書系，當年在試片室看過

《第五號屠宰場》，仲介公司來詢問是否願意出版馮內果，「實在太瘋狂了我一口氣把十九本都要了。」如今想想，不對，應該先推洛夫譯的《第五號屠宰場》或《貓的搖籃》，試試水溫。又譬如，當城邦成立，必須精算倉儲成本，為此，「我銷毀過一本很暢銷的書，」判斷書是否需再版是難度頗高的技術，「當時太猛了，通路要就給，一年後銷毀了四萬本。」

凡此種種，或許有天都將成為不一定是散文的字，攏進一本書。航叔笑說，「我都想好了，書名可以叫《一個人的文藝春秋》。」概念齊備，執行未逮，「結果，黃崇凱把《文藝春秋》寫掉了，我只剩下《一個人》！」

能寫作還是很好的

一九七〇年代，航叔出版過兩本短篇，因為是「勤快的編輯，懶惰的作家」，除九〇年代短暫寫過一陣子《大成報》專欄，竟停筆二十餘年。重啟寫作，乃因二〇〇五年《中時電子報》作家部落格開張，李金蓮向黃哲斌推薦找航叔參與。「我太太建議我可以寫，那時候是我生命中的谷底吧。」結束了短暫營運的一方出版，完成善後，搬到臺北近郊。「接連寫了好幾篇カステラ（長崎蛋糕），寫吃的點閱率很高。」二〇〇七年至東華大學擔任駐校作家，回返故鄉，心有觸動，且與文學後輩相處，「像看到年輕時的同輩一樣。」申請到國藝會補助則「真的幫了我」，一條死線既是胡蘿蔔也是棒子，終於促生出《小鎮生活指南》。

長年編輯經驗，是否反過來影響寫作？「確實會讓我更小心。但這樣有時不好。」比如作家朋友中，有三個月能寫三十萬字者，「作家往前衝是很棒的一件事啊，我都等不到那個時刻。」但當書稿超快速完成，「他會需要一個好的編輯。」航叔就為這位好友看了稿子，把時序謬誤，邏輯對不上的地方，比重缺衡處，都寫成編輯意見。「有時我也想要全部寫完再來修，但打開電腦，又忍不住看上一次寫好的段落，改到自己滿意為止，很像手工。」

因此，若有一篇待完成的稿子，「我不會等到最後才寫，會先寫個五百字，心安一點；有時寫到一半，就放著不寫。」空下的時間用來思考與調整，交稿前一週繼續動筆，「截稿前兩天，才把最後面寫完。」受限於打字速度，「如果一天可以超過一千字，就要慶祝啦！」

宣稱自己是「不良老年」，如今作息多半「很固定的晚睡晚起」，傍晚出門運動一小時，晚餐後才有較完整時間閱讀或寫作。「多半是閱讀。」這從書中舉例的書目幅員遼闊可以略窺。特別的是，航叔雖時常將時間軸拉回「古早年代」，敘述聲音卻毫不老邁，彷彿剛從昨日球場回來的少年，「可能我一直讀的東西都是年輕人寫的，多少受到影響，或很習慣那氛圍與用語。」也可能創作者總是對世界保有不滅的天真，「我希望我的文字沒有那麼老，但也不要太年輕，應該是一種『後中年』狀態。」

航叔舉例心愛的散文作家，柯裕棻與黃麗群，前者曾描寫一小段停下來不打擾平日嚴肅的父親與小狗在院子裡的說話，那個止步，是她知道爸爸大概不會願意自己柔軟的部分暴露在女兒面前。「就覺得，哇，好佩服喔！可以強烈感受到她的聰明，機智，體貼。」

自己寫散文時，「會注意結構跟節奏。這兩個是同一件事。」除了仔細挑選敘事主題，「結束是重要的。我會安排一個讀者猜不到的結尾，無論是歐・亨利式結尾，或海明威式結尾，希望能達到預期的效果。」

因為重考緣故，大學時期或進入職場後，「我年紀一直比別人大，總是想：將來再說吧。」好像時間會一直在那裡。「甚至寫完《小鎮生活指南》，以為我會接著寫很多小說，不知道哪來的信心。」

如今時間對他發出提醒。「坦白說，我的存在意義是什麼？就是希望能寫跟人家不同的東西，每個作家大概都是如此。就我這樣的個人或我活過的時代，別人沒經驗過的，我能保留那個，就讓那時代多了一個樣本。寫不出來呢？forget！」就像很多人不寫作，但他們也許擁有更為精采的經歷。「你能寫作還是很好的，可以留下一點什麼。於是有些人就看到了。沒看到呢？也沒關係啊。整個時代該留下的東西太多，歷史上那麼多人有幾人名字留下？那麼多生活經驗，能保留下來的也還是有限吧。」

唯有繼續寫著。「有你獨特看法的一個作品完成了。這重要嗎？對你也許重要。也許有人喜歡，有人不喜歡。過一段時間，它消失了，這很自然吧。」航叔說，「就像我〈時光電廠〉裡頭寫的，如果你在乎，記憶或許能為你留住一點什麼，在記憶毀壞之前……」

「那樣就很好。」我忍不住接上。

發表索引

時光電廠　二〇一九年十月一日《聯合報·副刊》

星夜殘影　二〇二〇年七月號《聯合文學》

阿魯拜多往事　二〇二〇年五月號《聯合文學》

羊事　二〇二〇年十一月號《聯合文學》（入選《九歌一〇九年散文選》）

縱谷私記憶　二〇一七年十二月花蓮文化局專刊《縱谷私記憶》

回音　二〇一九年十二月花蓮文化局專刊《彩虹落下的地方》

臺東旅次　二〇二〇年十月號《聯合文學》

六〇年代的一個邊緣文青　二〇一九年一月號《印刻文學生活誌》
逝水手寫信　二〇二〇年五月號《文訊》
零下四十度的滋味　二〇二〇年六月號《聯合文學》
歸鄉　二〇一八年八月二十二日《聯合報．副刊》（入選《九歌一〇七年散文選》）
昨日球敘　二〇二〇年九月號《聯合文學》
我的書房　二〇一九年十一月號《鹽分地帶文學》（原題〈退休後的辦公室〉）
我貧乏的島內差旅　二〇二〇年四月號《聯合文學》
去伊斯坦堡之前　二〇二〇年一月號《聯合文學》
遠橋之旅　二〇二〇年十二月號《聯合文學》
舊日本海軍之旅及其他　二〇二〇年三月號《聯合文學》

冬日的邂逅　二〇二〇年八月號《聯合文學》

誰為《美人圖》作序　二〇二〇年二月號《聯合文學》

與鄭清文先生的二三事　二〇一七年十二月號《文訊》

我所認識的王宣一　二〇一六年七月號《文訊》（原題〈一方天地〉，加筆改寫刊於二〇一九年一月《國宴與家宴》中信簡體版推薦序）

遇見《心鎖》　二〇〇六年九月九歌「典藏小說」《心鎖》（編輯引言加筆改寫）

在遠流　二〇一五年十月號《文訊》

＊《聯合文學》十二篇為二〇二〇年專欄「逆旅微光」

新人間叢書 335

時光電廠

作　者—陳雨航
主　編—羅珊珊
責任編輯—蔡佩錦
校　對—蔡榮吉　蔡佩錦　陳雨航
內頁排版—新鑫電腦排版工作室
封面設計—廖韡
行銷企劃—吳儒芳

總 編 輯—胡金倫
董 事 長—趙政岷
出 版 者—時報文化出版企業股份有限公司
108019台北市萬華區和平西路三段二四〇號四樓
發行專線—（〇二）二三〇六—六八四二
讀者服務專線—〇八〇〇—二三一—七〇五
（〇二）二三〇四—七一〇三
讀者服務傳真—（〇二）二三〇四—六八五八
郵撥—一九三四四七二四時報文化出版公司
信箱—10899臺北華江橋郵局第九九信箱
時報悅讀網—http://www.readingtimes.com.tw
思潮線臉書—https://www.facebook.com/trendage
法律顧問—理律法律事務所　陳長文律師、李念祖律師
印　刷—勁達印刷有限公司
初版一刷—二〇二一年十月二十二日
定　價—新臺幣三二〇元
（缺頁或破損的書，請寄回更換）

時報文化出版公司成立於一九七五年，
並於一九九九年股票上櫃公開發行，於二〇〇八年脫離中時集團非屬旺中，
以「尊重智慧與創意的文化事業」為信念。

時光電廠 / 陳雨航 著. -- 初版. --臺北市：時報文化出版企業股份有限公司,
2021.10
232 面；14.8x21 公分. --（新人間叢書；335）

ISBN 978-957-13-9383-4（平裝）

863.55　　110014029

ISBN 978-957-13-9383-4
Printed in Taiwan